LÉGENDES

ET

RÉCITS POPULAIRES

DU PAYS BASQUE

PAU — TYPOGRAPHIE VERONESE

LÉGENDES

ET

RÉCITS POPULAIRES

DU PAYS BASQUE

PAR

M. CERQUAND

INSPECTEUR DE L'ACADÉMIE DE BORDEAUX

II

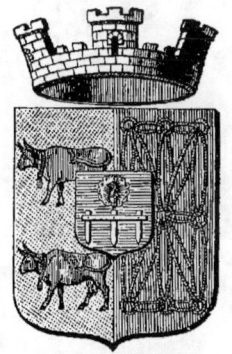

PAU

LÉON RIBAUT

LIBRAIRE DE LA SOCIÉTÉ DES SCIENCES, LETTRES ET ARTS

Rue Saint-Louis

1876

Extrait du Bulletin *de la Société des Sciences, Lettres et* Arts *de Pau*
2ᵉ *série tome* V

LÉGENDES ET RÉCITS POPULAIRES

DU PAYS BASQUE

Après avoir indiqué, l'année dernière, les diverses formes qu'affectent les récits populaires chez les Basques, j'ai l'intention d'examiner aujourd'hui les rapports qu'ils peuvent offrir avec les contes similaires des autres pays, d'origine aryane.

Le récit suivant me permet d'entrer sans préambule dans la question.

I.

22. L'HOMME LUNE.

Un homme, chargé d'un fagot d'épines, s'en allait, un jour de dimanche, boucher un trou de sa haie. Jainco lui apparut en chemin et lui dit : « Parce que tu as profané mon jour, et que tu n'as pas obéi à ma loi, tu seras sévèrement puni. Jusqu'à la fin du monde, tous les soirs, tu éclaireras. » Et, à la même heure, l'homme fut enlevé avec son fagot d'épines sur le dos. Et depuis, il est la lune.

Trois époques, facilement reconnaissables, ont laissé leur trace dans ce récit. Le christianisme s'y révèle par la mention de la loi

du repos dominical ; le culte immédiatement antérieur reven-
dique Jainco, ordonnateur et justicier, comme il s'est déjà montré
une fois. Reste l'homme au fagot d'épines. Les mères basques
le montrent aujourd'hui encore à leurs enfants, comme les mères
françaises montrent la figure reproduite traditionnellement par
l'almanach de Strasbourg. Appartient-il à la légende mythologique de Jainco ? Ce serait possible si les Basques seuls le con-
naissaient. Mais si l'on peut admettre que tous les peuples, sans
s'entendre, aient cru voir une figure dans la lune, il n'en est pas
ainsi d'un homme chargé d'un fagot d'épines. Voilà qui est particulier. Deux races ne l'ont pu trouver chacune de son côté.
Il faut que l'une des deux l'ait reçu de l'autre, ou que les deux
ensemble l'aient reçu d'une tradition commune.

Or l'homme et son fagot d'épines se retrouvent dans les traditions populaires de la grande Bretagne, et Shakespeare, qui a fait
tant d'emprunts, hardis dans un siècle classique, à ces traditions,
a introduit l'homme au fagot d'épines dans l'intermède du *Songe
d'une nuit d'été*. Après une curieuse discussion entre les bour-
geois d'Athènes qui doivent représenter devant la cour de Thésée
*la très lamentable comédie et la très cruelle mort de Pyrame
et Thisbé*, il est décidé qu'un acteur entrera en scène « avec
un buisson d'épines et une lanterne, et dira qu'il vient défigurer
la lune ». L'acteur s'annonce ainsi :

« Cette lanterne représente la lune et ses cornes, et moi-même
je suis l'homme qui paraît être dans la lune. »

— C'est, dit Thésée, la plus grande erreur de la représentation.
L'homme devrait être dans la lanterne ; sans cela, comment peut-
il figurer l'homme dans la lune ?

— Tout ce que j'ai à vous dire, reprend l'acteur, c'est de vous
dire que cette lanterne est la lune ; moi, l'homme dans la lune ;
ce fagot d'épines, mon fagot d'épines ; et ce chien, mon chien. »

C'est bien le mythe basque. L'observation de Thésée ne porte
pas en effet sur la croyance elle-même, qu'il connaît bien, puis-

qu'elle ne le surprend pas, mais bien sur la fidélité de la représentation.

L'homme au fagot d'épines se retrouve aussi en Allemagne (1). Il n'est pas ignoré dans le Poitou, et M. Bladé en a reproduit le récit, populaire en Agenais.

Dans toutes ces versions l'homme est puni pour avoir violé le repos dominical, comme dans le conte basque (2). Mais le conte basque affecte en outre un caractère cosmogonique qui n'est pas dans les autres et rappelle le récit intitulé « la grande ourse, » que nous avons reproduit en 1875.

(1) Voyez : Bladé, *Contes Agénais*, et la note de M. Kohler à la fin du vol. p. 65 et 158.

(2) Je note en passant que les deux récits où figure Jainco, ont trait à la punition de gens qui ont : 1° blasphémé ; 2° violé le repos du dimanche, c'est-à-dire, désobéi à deux commandements de Dieu. Plus loin nous verrons une intervention plus directe encore de l'église dans les traditions basques.

II.

LES FAIBLES PROTÉGÉS.

Un des plus jolis contes déjà publiés (1) montre une belle fille
très paresseuse, à qui est imposée la tâche de faire six chemises
en un jour, moyennant quoi elle aura un riche et beau mari.
Pendant qu'elle se désole sur son ignorance, une sorcière lui
promet de faire sa besogne à condition qu'elle redira son nom
dans un an. Le nom est bientôt oublié, et l'année écoulée, une
pauvre femme à qui on a fait l'aumône le rappelle à propos et
sauve la belle fille.

Ce conte se retrouve en Irlande, (Kennedy), en Ecosse (Chambers), en Allemagne (Grimm), en Suède (Cavallius et Stephen),
et chez les Slaves. (Chodzko).

Il est naturel que certains détails diffèrent dans tous ces récits ;
mais la marche des évènements, jusqu'au dénouement, est tout-à-
fait celle du conte basque : une belle paresseuse, un beau mari,
une tâche, une aide surnaturelle, un danger, une solution heu-
reuse. Les dissemblances portent surtout sur la solution qui est
fort ingénieuse dans les leçons d'Irlande et d'Ecosse (2). Les fairies
qui ont accompli la tâche de la belle fille, se montrent au mari
avec des difformités résultant de l'excès de travail du rouet ou
de l'aiguille : gros pieds, nez rouge, bouche tordue ; et le mari
fait jeter par la fenêtre rouet, fuseaux et fil. Madame ne filera plus.

---

(1) V. Tom. IV des annales de la Société : *la châtelaine qui a vendu
son âme.*

(2) La même solution se reproduit dans Grimm, quoique le surnaturel
soit plus effacé v. *Les trois fileuses*, C. Brueyre. *La paresseuse et ses tantes*,
et *Whuppitystoories.*

Le conte slave est celui qui a la ressemblance la plus parfaite avec le conte basque dans tous ses éléments, et même dans la solution. La belle fille pleure au bord du ruisseau, le seigneur l'enferme dans une chambre, un petit sorcier fait la tâche, mais il faut que l'on dise son nom : *Kinkak Martinko*, dont l'étrangeté rappelle la *Maria Kirikitoun* d'Orègue. C'est aussi un mendiant qui l'apporte ; il a vu Kinkak sauter en chantant par dessus des pots : « Demain, la troisième nuit, Hélène m'appartiendra ». C'est exactement la conclusion du conte basque.

L'entrée en matière, dans tous ces contes, à l'est et à l'ouest, et i sud de l'Europe est une même phrase : « Il y avait une fois une pauvre veuve qui avait une fille belle comme le jour, et très paresseuse. »

Toute la signification du conte est dans cette exposition identique. Chodzko remarque que l'Inde d'où il est venu, est le seul pays où la paresse ait jamais été mise au rang des vertus théologales. Cela est vrai pour l'Inde des Pouranas, mais non pour l'Inde antique. Nulle part les Védas ne font l'éloge de la paresse, et aucun ascète ne figure dans les *contes traditionnels*. L'explication de Chodzko est donc aventurée, et il en faut chercher une autre. Chez les ascètes, la paresse est vertu parce qu'elle isole l'homme des erreurs du monde et le met en communication constante avec la divine perfection. Chez la belle paresseuse, la paresse est faiblesse d'esprit, et s'allie avec de belles qualités : douceur et charité, auxquélles se joignent les séductions de la jeunesse et de la beauté (1). Mais toutes ces qualités n'entraînent aucune notion de force ; elles ne peuvent se défendre elles-mêmes quoiqu'elles méritent d'être défendues et protégées. Telle est la cause de l'intervention surnaturelle dans la légende de la belle paresseuse. Les puissances supérieures viennent au secours de sa faiblesse ; et la légende, en la montrant protégée par les puissances supérieures, apprend aux hommes à la respecter.

(2) Glinski, dans Chodzko, p. 331,

Comme pendant à la belle paresseuse, Chodzko montre avec
beaucoup de raison le faible d'esprit. C'est un grand garçon, niais,
gourmand, frileux, qui arrive à la fortune par la protection d'un
brochet surnaturel à qui il a sauvé la vie. Nos contes basques ne
nous ont pas encore offert exactement ce thême. Ceux que nous
allons citer nous en paraissent cependant dérivés, quoique la
doctrine morale en ait disparu. Les héros en seraient de parfaits
Jocrisses si Jocrisse réussissait jamais qu'à faire des sottises. Le
simple d'esprit ne s'en fait pas faute sans doute, mais à la fin,
pour rester fidèle à la donnée première, il est nécessaire qu'il
sorte d'embarras, ce qui n'a pas lieu dans le thême du Jocrisse (1).

23. LES DEUX FRÈRES : SAGE ET FOU.

Une femme avait deux fils, l'un sage et l'autre fou. Le sage diri-
geait la maison, parce que la mère était malade. Comme remède
à ses douleurs, elle prenait des bains que le sage préparait fort
bien. Or, un jour que le sage était sorti, le fou fut chargé de préparer le bain. Très-content de cet emploi, il s'imagine qu'il est
obligé de surpasser son frère dans la préparation ; il fait mettre sa
mère dans la baignoire et y verse une chaudière d'eau bouillante.
La pauvre femme en fut cuite incontinent.

Ainsi, il ne resta que les deux frères à la maison. Ils allèrent un
jour au marché pour acheter un cochon. L'achat terminé, le sage,
ayant encore affaire sur le marché, confie le cochon à son frère
pour le conduire à la maison avec une corde. En route, le cochon
parlait dans son langage ; et le fou, ennuyé de l'entendre :
« parions, dit-il, à qui le plus tôt arrivera chez nous. » Il lâche la
corde, et se met à courir. Le soir venu, le sage rentre et s'informe

(1) Le thême des deux frères, le sage et le niais, profondément modifié
dans les incidents par les idées chrétiennes, mais conservant encore son
sens antique, est reproduit dans un admirable conte du pays d'Agen.
V. Bladé : *Contes agenais ; l'Homme aux dents rouges*, p. 52.

du cochon. Le fou raconta ce qui s'était passé. « Une autre fois, dit le sage, retiens que tu dois toujours tirer par la corde ce que tu as acheté au marché. » « Bien, dit le fou. » Au marché suivant, les deux frères vont acheter une cruche, que le fou est chargé de rapporter. Mais comme il n'avait pas oublié le conseil de son frère, il attacha une corde à la cruche qu'il se mit à traîner sur la route : elle fut brisée en mille pièces.

Le sage, voyant qu'ils ne réussiraient à rien, et que, d'ailleurs, les ressources lui manquaient, fit entendre au fou qu'ils étaient réduits à mendier. Ils partent, et le sage, étant sorti le premier, dit au fou de tirer la porte ; après quoi il alla devant.

Le fou comprit qu'il devait mettre la porte sur son dos. Il la fit donc sortir de ses gonds et la prit avec lui. Et, quoique son frère lui eût déclaré que cela ne servirait de rien, il refusa de s'en dessaisir. Le soir, il arrivèrent dans une forêt et, pour ne pas se coucher sur la terre nue, grimpèrent sur un arbre, le fou tenant toujours sa porte. A minuit, dix voleurs s'arrêtèrent au pied de l'arbre pour y faire le partage d'un sac d'or. Pendant qu'ils faisaient le compte, le fou dit à son frère : « Je ne puis plus soutenir cette porte, » et il la laissa choir. Les voleurs, effrayés, crurent que Dieu jetait sur eux un morceau du ciel et décampèrent en toute hâte. Le sage ne s'embarrassa pas à compter l'or. Les deux frères se bâtirent un beau château et vécurent à leur aise (1).

———

La moralité qui se dégage d'un tel récit est que : *sottise sert mieux que sagesse pour réussir dans le monde*. Or, ce n'est pas ainsi que l'entendent les contes similaires de même origine, parce qu'en effet un tel axiôme serait un paradoxe. Ils ont grand soin au contraire de montrer leur niais se déniaisant peu à peu sous une influence supérieure qui leur tient compte de leurs bonnes qualités. La belle paresseuse, même dans le conte basque, se corrige

(1) Ce conte est connu dans le Roussillon.

de son ignorance et de sa paresse ; elle apprend à lire et à écrire ; elle est charitable et mérite l'amour de son mari. Le niais du conte slave est sans doute un butor comme le niais basque ; mais il a bon cœur et sait profiter du pouvoir de son ami le brochet pour devenir un joli garçon et galant. Péronnik, l'idiot, dont Souvestre (1) nous a conservé la légende, est un brave qui attire les sympathies. Aladin, des *mille et une nuits*, est le type parfait du niais favorisé. Ce gamin qui flâne au lieu d'aller à l'école et qui suit le premier coquin venu loin de sa maison, n'est pas plutôt en relations avec les puissances supérieures qu'il s'amende sans danger de rechûte. Il use modérément de sa fortune jusqu'à ce qu'il sache la disposer ; il devient réservé, modeste, attentif ; il recherche les honnêtes gens. On n'est pas étonné qu'il épouse la fille du roi ; il en est devenu digne.

Le sens fait défaut au conte basque parce qu'il a été depouillé du surnaturel qui le lui donnait.

Guillen pec (Guillaume le simple) offre une seconde leçon sur le même thème. Le conte ne vaudrait pas la peine d'être transcrit si nous avions pour but de faire un choix de chefs-d'œuvre ; mais il ne paraît pas inutile de suivre une donnée, élégante et juste en principe, dans les diverses dégradations qu'elle subit lorsque le sens a échappé au conteur et, s'il faut l'avouer, lorsque l'art lui fait défaut.

24. GUILLEN PEC. (2)

Un père, au moment de mourir, appela ses trois fils et leur dit : « Mes enfants, je vais bientôt mourir ; comme j'ai deux bœufs et une vache, vous, les deux plus âgés, prendrez les bœufs pour votre part, et vous donnerez la vache à Guillen pec. » Le père défunt, on fit les parts comme il avait dit. Guillen pec ne tarda

(1) *Le foyer breton.*

(2) Pec, *simple*, de *pecus*, est aussi un mot béarnais. Le conte est également connu dans le Béarn.

pas à s'ennuyer, et pensa à chercher fortune au dehors. Il dit
donc à ses frères : « Voilà ; il me fatigue de toujours nourrir cette
vache et pour tout profit d'en tirer un peu de lait. Il faut que je
la tue et qu'après avoir pris sa peau, j'aille chercher fortune. »
Ses frères lui répondirent : « Tais-toi, ne dis ni ne fais cela, sous
peine de te faire passer pour fou ; que penses-tu faire de cette
peau ? » Mais Guillen pec ne les écouta point. Il tua sa vache, en
mit la peau sur son dos, et se rendit chez un sien oncle, tanneur
de son métier. Guillen pec frappe à la porte. Personne ne répond.
Il frappe encore et mettant l'œil à la serrure, il aperçoit un personnage qui se cache dans un vieux bahut. Enfin la maîtresse
arrive, fait entrer Guillen pec, s'informe de sa santé et du motif
qui l'amène. « L'oncle, dit Guillen pec, est-il à la maison ?
j'aurais une peau à lui vendre. — Non, il est dehors ; mais il
rentrera bientôt. Attends-le un moment, et cependant tu man-
geras un morceau, car tu dois avoir faim. — Non, non, précisé-
ment je n'ai point faim, j'ai bien mangé à la maison ; mais comme
je suis un peu fatigué, je m'assiérai un moment. » Ainsi dit, il
s'assied sur le vieux bahut.

Le maître arrive à son tour ; satisfait de voir Guillen, il lui dit :
« Adieu, Guillen, comment vas-tu ? apportes-tu bonne ou mauvaise nouvelle ? » Guillen pec raconte que son père est mort, qu'il
a eu une vache pour sa part d'héritage, et qu'il vient en vendre
la peau. « Je l'achèterai, dit l'oncle, puisque tu veux la vendre ;
quel prix en désires-tu ? — Celui qu'il vous plaira, mon oncle,
j'en serai content. » L'oncle lui donna dix francs et Guillen pec fut
satisfait. « Ecoute, fit l'oncle alors, si tu as besoin d'argent ou de
n'importe quoi, demande et je te le donnerai. — Merci, mon
oncle, mille fois ; l'argent ne me fait pas besoin ; mais si vous
voulez me donner le bahut qui me sert de siége, je le prendrai
pour serrer mes nippes. » (1) L'oncle lui céda le bahut de bon

(1) On peut soupçonner que primitivement le Pec donnait la peau en
échange du bahut ; car ce don d'un bahut, outre le prix de la peau, ne se
comprend pas. Il y a dans Grimm un échange analogue. (Voir *Jean le
chanceux.*)

cœur et Guillen pec, après quelques mots, s'en alla, chargé du
bahut. Pour arriver à la maison, il y avait une mauvaise côte, et
en descendant Guillen pec trébucha et lâcha le bahut qui roula
jusqu'au ruisseau. L'homme enfermé se mit à crier : « Aïe, aïe, je
suis mort. » « Comment, fit Guillen pec, vous êtes là, Monsieur ?
d'où venez-vous ? » « Chut, chut, répond l'homme, parlez bas
et ne dites rien à personne, je vous donnerai cent écus. » Guillen
prit les cent écus (1), et laissant dans le ruisseau l'homme et le
bahut, retourne à la maison. Alors il fait sonner ses écus dans sa
poche. Ses frères se demandent où il a trouvé tant d'argent, et
qui a pu lui payer si cher une peau de vache. Ils disent enfin :
« Depuis ton départ, notre mère est morte. Comme nous n'avons
pas d'argent pour la faire enterrer, c'est à toi qu'il convient d'en
faire la dépense. » « Oui, oui, j'ai de l'argent; je ne veux pas que
vous ayez obligation à personne, et j'enterrerai notre mère. »

Le lendemain, de bonne heure, il enveloppe le corps dans un
drap blanc, le met sur son dos, se rend à l'église et le place au
confessionnal. Puis il va trouver le curé à la sacristie. « Monsieur,
lui dit-il, vous plaît-il de confesser ma mère qui vous attend au
confessionnal. Comme elle est sourde, parlez-lui un peu haut. —
J'y vais, dit le curé, qui va trouver sa pénitente. « Y a-t-il
long-temps, ma bonne, que vous ne vous êtes confessée ? » dit-il.
Point de réponse. Il reprend plus haut : « Y a-t-il long-temps
que vous ne vous êtes confessée ? » Encore point de réponse. Le
curé s'emporte et répète une troisième fois : « Y a-t-il long-temps
que vous ne vous êtes confessée ? » En même temps il secoue la
morte qui tombe en faisant grand bruit. Guillen pec accourt
aussitôt. « Vous avez tué ma mère, s'écrie-t-il, vous avez tué ma
mère; vous me le paierez; je vais prévenir la justice ». « Attendez
un moment, je vous prie ; je ne l'ai pas fait exprès ; je lui
demandais si elle ne s'était depuis long-temps confessée ; et comme
elle ne me répondait pas, croyant qu'elle dormait, je l'ai poussée

---

(1) Le conte ne revient pas sur le personnage du bahut.

un peu, et elle est tombée. Cependant ne dites rien ; arrangeons entre nous l'affaire. Combien vous faut-il ? — Six cents francs. — Est-ce que trois cent ne vous contenteraient pas. — Non, six cents francs, ou je fais ma plainte. » Le pauvre curé, pour éviter le bruit, alla chercher six cents francs et les remit à Guillen pec. Guillen pec porta ensuite le corps au cimetière sans que personne le vît, creusa une fosse et l'y enterra.

Après cette bonne journée, Guillen pec rentra à la maison. Ses frères lui demandèrent : « As-tu enterré maman ? — Non, je l'ai vendue. — Comment ! tu as vendu maman ? pour quel prix ? — Six cents francs. » Les frères étaient mariés ; ils décidèrent qu'ils n'avaient rien de mieux à faire que de tuer leurs femmes pour les vendre. Ils le font, et courent de ville en ville, de village en village, leurs femmes sur le dos, pour les vendre. Mais personne n'en voulut et ils rapportèrent les corps chez eux. (1) Les voilà sans femmes ; leurs bœufs sont saisis, et ils n'ont rien à manger. Ils se dirent l'un à l'autre : « Notre frère est riche, prenons-le et le tuons, ensuite nous nous partagerons ses biens. »

Or, Guillen pec avait acheté un troupeau de brebis, et les paissait dans une commune voisine. Les deux frères s'y rendirent le soir et se logèrent par hasard dans l'auberge qu'habitait Guillen pec. Ils le caressent bien, l'emmènent doucement à l'écurie sans qu'il songe à rien, puis le saisissent et l'enferment dans un sac. Ensuite ils soupent en joie, songeant que le lendemain ils seront maîtres du troupeau. Guillen pec, moins satisfait qu'eux, se tourne et retourne pour trouver une issue. Mais le sac était bien lié et ses efforts furent vains. Cependant arrive à l'écurie un domestique de la maison. Il voit le sac se remuer, il entend une voix qui dit : « Arrivera ce qui pourra, mais je ne le prendrai pas, je ne le prendrai pas et je ne le prendrai pas. » Le domestique lui deman-

---

(1) Tout cet épisode est fort étrange. Les Basques ont pour leurs curés une grande vénération, et leurs cimetières sont conservés avec le soin le plus respectueux.

de ce qu'il fait là, et ce qu'il a. « Ami, répond Guillen, ces deux messieurs qui soupent chez vous m'ont voulu faire prendre dix mille francs ; et comme j'ai refusé, ils m'ont mis ici dedans. Voilà toute la vérité. » Le domestique lui dit : « Si vous n'en voulez point, je les prendrai bien, moi, et m'enfermerai là à votre place. » Aussitôt fait que dit, Guillen pec est rendu à la liberté et le domestique enfermé dans le sac. Guillen pec, sans tarder, ouvre la porte et s'échappe avec ses brebis par des chemins de traverse. Les frères, au sortir du lit, voulurent voir le troupeau ; mais ils ne trouvèrent rien. Ils n'avaient pas d'argent pour payer la dépense ; l'aubergiste leur retint leurs bérets.

Ils se mirent, en colère, à la poursuite de Guillen pec, et le trouvèrent au bord de la mer, faisant paître ses brebis. Ils lui dirent : « Où as-tu trouvé ces brebis ? — Voyez, répondit Guillen pec, pendant que je me baignais, la marée montait et elle me les a apportées avec elle. — Est-ce qu'il y en a encore ? Qu'est-ce qui saute là-bas ? — Ce sont les moutons qui voudraient bien venir ici et qui ne peuvent pas. Va les aider à venir. » L'un d'eux entra dans la mer, et s'avance peu à peu. L'autre frère demande : « Que fait donc là notre frère à remuer les bras ? » — « Il travaille, dit Guillen pec, à choisir les plus belles. » A peine a-t-il entendu cette parole que l'aîné entre dans l'eau pour rejoindre son frère. Mais ils allèrent trop avant et se noyèrent.

Guillen pec retourna à la maison avec son troupeau et vécut heureux. On l'avait surnommé le simple ; pourtant, il se montra le plus avisé de la famille.

———————

La moralité est plus indécise encore dans ce conte que dans le précédent. Dans tous les deux la simplicité n'est rehaussée d'aucune qualité qui justifie le succès. Au point de vue mythique, on y remarque aussi l'absence de puissances supérieures, compâtissantes à la faiblesse de l'esprit. Dans le dernier même, la bêtise des frères, plus grandé que celle de Guillen pec, démontre que le récit a été altéré en vue du gros rire. Cependant le nom de Guillen pec et les deux lignes de la conclusion justifient le rapprochement que nous avons tenté avec la belle paresseuse.

Le conte des deux bossus se rattache à la même direction d'idée. Les bossus ne sont pas comptables de leur bosse, pas plus que les simples de leur simplicité. Il y a toujours infirmité, morale dans un cas, physique dans l'autre. Les puissances supérieures regardent en pitié le simple et le bossu, objet de moquerie pour les ignorants à qui le conte est chargé de donner la leçon.

25. LES DEUX BOSSUS.

Il y avait une fois une vieille sorcière qui fréquentait, comme elle devait, le sabbat. Dans son village vivaient deux bossus qui soupçonnaient son métier. Un jour, l'un d'eux lui dit : « Ne mentez pas, je sais que vous êtes sorcière, et je veux, une nuit, vous accompagner. » La vieille, après avoir dissimulé un peu d'abord, confessa enfin ce qu'elle était, et promit de conduire le bossu au sabbat. « Seulement, lui dit-elle, faites bien attention à ceci : Comme le président nous doit faire dire à tous le nom des jours de la semaine, vous les direz de cette façon : lundi, mardi, mercredi, jeudi, vendredi et samedi ; mais vous ne prononcerez pas le nom du dimanche. » — « Fort bien, répondit le bossu. » La nuit du sabbat étant arrivée, tous les sorciers, rangés à la file, dirent l'un après l'autre les noms des jours de la semaine. Quand le tour du bossu fut venu, il dit : « Lundi, mardi, mercredi, jeudi, vendredi et samedi et dimanche. » — « Qui a parlé de dimanche ? » s'écrie le président. — « Monsieur, c'est ce bossu ! » disent les autres. — « Qu'on lui enlève sa bosse du dos. »

Le bossu s'en retourna chez lui fort satisfait. Son compagnon, à sa vue, s'étonne : « Comment, dit-il, par quel miracle t'es-tu fait ce bel homme ? » L'autre lui raconte son aventure et l'engage à la tenter. Le bossu s'en va chez la sorcière qui lui fait la même

2

recommandation et l'accompagne au sabbat. Son tour venu, il récite : « Lundi, mardi, mercredi, jeudi, vendredi et samedi et dimanche. » — « Qui a parlé de dimanche ? » dit encore le président. — « Monsieur, c'est ce bossu ; » disent les autres. — « Qu'on ajoute, dit le président, à sa bosse, celle de l'autre. » (1).

Le pauvre bossu s'en revient à la maison, avec double charge.

(1) Leçon de St-Jean-le-Vieux, 26. « Un jeune bossu de St-Jean aimait une fille d'un village voisin, qu'il devait épouser. Or, il lui était défendu par sa fiancée de lui faire visite le samedi soir, quoique ces soirs là soient réservés aux entretiens des amoureux. Il s'en attristait, soupçonnait quelque intrigue avec un rival et s'inquiétait, si bien qu'un jour il voulut braver la consigne. Il se rendit chez sa fiancée, et ne la trouva pas. Il attendit longtemps et rentra chez lui, en proie à mille conjectures. Il revint le lendemain, et demanda à sa maîtresse où elle avait passé la nuit précédente. Après bien des hésitations, obligée enfin de dire la vérité, elle déclare qu'elle avait assisté à une réunion de sorciers. « Vous êtes donc sorcière ? » dit le jeune homme. — « Sans doute, et il ne dépend que de vous de le devenir. » — « Que me faut-il faire ? » — « Je vous introduirai dans le lieu des séances et lorsque le chef de l'assemblée vous ordonnera de faire l'appel (?), vous direz ainsi : Lundi, un ; mardi, deux ; mercredi, trois ; jeudi, quatre ; vendredi, cinq ; samedi, six. Arrêtez-vous là sans prononcer le nom du dimanche ». Il promit de suivre ces instructions. Arrivé au lieu du sabbat, le néophyte est placé dans un coin. La fiancée va trouver le chef et, au bout d'un moment, le bossu est invité à faire l'appel : — « Lundi, un, dit-il ; mardi, deux ; mercredi, trois ; jeudi, quatre ; vendredi, cinq ; samedi, six et dimanche sept. » A ce mot, il se fit dans la salle un tel tapage que le jeune homme regretta amèrement son imprudence.

Cependant le président l'appelle à ses pieds, et, voyant qu'il est bossu, s'écrie : « Qu'on lui enlève sa bosse et qu'on la pende à une pique. » Aussitôt la bosse est enlevée, la plaie guérie et le jeune homme se retira bien content de son voyage. Le lendemain, en effet, jour de dimanche, on le vit droit et effilé.

Cette guérison fit du bruit dans les environs. Tous les bossus vinrent s'informer comment elle avait été produite et si eux-mêmes trouveraient moyen de se défaire aussi de leur difformité. « La chose, disait l'autre, était possible ; mais coûterait mille écus. » Devant cette somme, les pauvres gens reculèrent; un fils de famille seul accepta la condition. Il apprit ce qu'il fallait faire et fut admis dans la salle des réunions. On l'invite à

Il est inutile de demander pourquoi, des deux bossus, également fautifs, l'un est guéri, l'autre doublement puni. La moralité de la pièce a disparu, même dans une variante que nous reproduisons. Il n'en est pas ainsi dans les nombreux contes similaires, dont le plus élégamment tourné doit probablement beaucoup à Souvestre. Bénéad, dans la leçon bretonne, est un bossu de bonne humeur, serviable et vrai chrétien. Un soir il rencontre sur la lande les Korils chantant, et chantant toujours pour accompagner leur ronde, ces trois mots : *lundi, mardi, mercredi*. Les pauvres petits n'en savent pas davantage. Bénéad y ajoute les trois suivants : *jeudi, vendredi, samedi*. Les Korils, reconnaissants de l'addition qui fait un joli couplet, enlèvent sa bosse à Bénéad. Vient ensuite sur la lande Balibousik le jaloux, l'avaricieux, l'usurier qui croit bien faire en apprenant aux Korils un troisième vers : *et le dimanche aussi*. Mais la chanson boite et l'air ne va plus. Les nains furieux lui mettent sur le dos la bosse de Bénéad. Bénéad revient une seconde fois et complète le couplet : *voilà la semaine finie*. Les Korils sont enchantés et enrichissent Bénéad. (1)

Une version irlandaise reproduite par Croker, se rapproche beaucoup de la version bretonne pour la suite des incidents et offre la même moralité.

Si le conte basque est vulgaire et dépourvu de moralité, il le doit au changement du surnaturel. Selon toute probabilité, il ressemblait dans l'origine à ses similaires celtiques ; mais les

---

prononcer la formule de l'appel ; il nomme, comme l'autre, les six jours de la semaine, puis le dimanche. Le même tumulte se reproduit. Il est appelé devant le chef et condamné à prendre la bosse de l'autre, encore fichée au haut de la pique. Il fut, dès lors, bossu par devant, et bossu par derrière. »

(1) M. de la Villemarqué (Barzaz Breiz, *les Nains*) transcrit un chant populaire où se retrouve le couplet des Korils. Il s'y trouve un détail qui semble rattacher le couplet aux bossus. Volés par un tailleur, ils le menacent d'une danse *qui fera craquer son dos*.

souvenirs de la sorcellerie du xviie siècle ayant introduit le diable
à la place des Lamignac, toute l'économie du récit a été modifiée.
On chercherait d'ailleurs en vain dans le volumineux recueil
de de Lancre rien qui ressemble à la formule de la chanson
des esprits, ou à un mot d'ordre imposé aux initiés du sabbat.

M. Brueyre pense que la moralité du conte des deux bossus
est celle qui est exprimée par les deux vers : (1)

> Ne forçons point notre talent,
> Nous ne ferions rien avec grâce.

Nous croyons être plus dans le vrai en mettant sous une même
rubrique les quatre contes qui précèdent. Le soin que mettent
les versions d'Irlande et de Bretagne à caractériser les deux bossus
par des qualités excellentes ou des défauts graves n'a pas été pris
en vain : les quatre contes disent une même chose : *les simples
et les infirmes sont sous la protection divine.*

(1) *Contes populaires de la grande Bretagne,* p. 208.

III.

MYSTÈRES ET NOMBRES MYSTIQUES.

Les Basques avaient autrefois l'habitude, pendant les veillées d'hiver, de se proposer entre eux et de résoudre des énigmes. Le nom de ce jeu d'esprit, qui commence à disparaître ou n'est plus pratiqué que pour amuser les enfants, est purement basque : (1) Papaitac. Il y avait des gens renommés pour leur art à trouver des difficultés nouvelles qui embarrassaient les joûteurs ; mais on n'a guère retenu maintenant que les papaitac traditionnels, qui composaient une sorte de répertoire commun, relatif aux objets d'un usage général, ou aux notions les plus élémentaires de la conduite. Répétés d'hiver en hiver, et toujours avec plaisir par des gens peu inventifs, se contentant de peu, et se renouvelant d'ailleurs à chaque saison, les papaitac traditionnels se sont formulés, si je ne me trompe, comme des proverbes, c'est-à-dire dans d'excellentes conditions philologiques (2). Ils offrent donc de ce côté un intérêt sérieux. J'espère montrer qu'ils offrent autant d'intérêt pour l'histoire.

L'exercice des papaitac se fait dans toute la Soule d'une façon uniforme. Les deux interlocuteurs se placent en face l'un de l'autre, et, sous forme de salut courtois, précédant l'engagement, répètent avant chaque papaita la formule consacrée :

27. « Vous, un papaita ; moi, un papaita. Je sais une chose, vous savez une chose. Qu'est-ce ?

---

(1) Étymologie indécise. On connaît le dérivé : papaitacatcia, *se disputer*, comme dans cette phrase : ounxa papaitacatu dutuçu : *ils se sont dit leurs vérités.*

(2) L'allitération est fréquente dans ceux qui concernent les notions les plus générales. V. les nᵒˢ 1, 3, 8, 10, 23, 28, 35. On peut comparer ce nᵒ 35 au nᵒ 17, qui est le même et d'où l'allitération a disparu

« Ce qui regarde la maison, en allant vers la montagne, et la montagne, en revenant à la maison ?

« Réponse : Les cornes de la chèvre.

« Qu'est-ce ? — Une barrique contenant deux sortes de vins, qui ne se mêlent point ?

« Réponse : L'œuf.

« Qu'est-ce ?— Ce qui n'a jamais été et ne sera jamais.

« Réponse : Un nid de souris dans l'oreille d'un chat.

« Quest-ce ? -- La chose la plus leste du monde, et que rien ne peut arrêter ?

« Réponse : L'esprit.

« Qu'est-ce ? — Qui fait le plus vite le tour du monde ?

« Réponse : La mauvaise renommée. »

Le papaita est donc une sorte de définition dont il faut trouver le mot : c'est-à-dire une définition retournée. Il ne procède pas toutefois logiquement par le genre prochain et la différence spécifique ; il prend un caractère saillant de l'objet défini, ou deux caractères en opposition apparente, se rapportant, il est vrai, à l'objet, mais insuffisants pour le faire reconnaître sans travail intérieur.

Le papaita est employé comme élément de récit dans un joli conte de Glinski (1). Une princesse à cheveux d'or a fait vœu de ne donner sa main qu'à celui qui devinera six énigmes qu'elle a composées.

« Je fais sur un seul pied le tour de la table ; mais si on me blesse, le mal est sans remède. Réponse : Un verre à boire. »

« Privé de langue, je réponds fidèlement ; personne ne me voit ; chacun m'entend. Réponse : L'écho ».

L'idée d'une récompense considérable est toujours attachée dans les contes à la solution de l'énigme, comme l'idée d'une

(1) Le prince à la main d'or et le tapis volant, dans Chodzko.

perte ou d'un châtiment à la non solution. Dans la vie d'Esope, de Planude, qui n'est qu'un recueil de contes, le roi d'Assyrie propose des énigmes au roi d'Egyte : l'enjeu est une province. La légende du Sphinx thébain présente de cette idée un exemple grandiose. L'enjeu est la vie des deux joûteurs. (1).

Jeu d'esprit, exercice d'esprit. Tout est mystères et énigmes pour l'intelligence humaine à son aurore, et tout lui manque pour les résoudre : la connaissance des choses et la méthode. Il faut résoudre cependant, sous peine de mort, l'énigme journalière à formes toujours nouvelles et toujours inattendues ; c'est un fruit à portée des lèvres, qui renferme un poison, l'animal timide qu'il faut atteindre dans sa course rapide, la bête féroce dont on doit se défendre, c'est l'orage, le froid, l'air, l'eau et le feu.

L'homme vit d'esprit aussi bien que de pain ; et tout est énigmes aussi dans l'esprit. Les premiers efforts de la pensée philosophique se traduisent en papaitac. Il y a là encore une question de vie et de mort, bien plus importante que dans les énigmes du pain quotidien.

« Quel est, dit Thalès, le plus ancien des êtres ? Réponse : Dieu.

« Quel est le plus rapide ? Réponse : L'esprit. Le plus beau ? Réponse : Le monde, œuvre de Dieu. »

Devant l'esprit philosophique qui s'éveille apparaît l'énigme suprême, qui s'impose absolument à chacun et qu'il faut résoudre. L'esprit philosophique la résout comme il peut, allant de l'effet à la cause, de la qualité à la substance.

L'esprit religieux procède à l'inverse. Il connaît en effet le mot de l'énigme, et il va du mot à l'explication, de la cause à l'effet, de la substance à la qualité.

Mais, si le procédé diffère, il ne s'agit toujours que de l'énigme. Les deux termes en effet sont égaux. Le mot vaut la solution, et

(1) Le nom d'Esope se rattache spécialement aux énigmes. Toute fable est une énigme dont l'affabulation donne le mot.

la solution vaut le mot. Les questions posées sont d'ailleurs les mêmes : Dieu, l'âme humaine, la vérité.

Les mystères des nombres appartiennent au domaine commun des religions antiques et de la philosophie. Il y a entr'eux des rapports secrets ; ils ont des vertus propres. Sans doute, l'arithmétique n'a pas été absolument une partie de la théologie, mais la mythologie a affectionné certains nombres et leur a conservé fort longtemps une place dans ses mystères : à l'unité, par exemple, à la triade, aux nombres sept, dix et douze.

Le monument le plus intéressant dans cet ordre de faits appartient à la théologie celtique et figure dans les chants populaires de Bretagne recueillis par M. de la Villemarqué. C'est un dialogue entre deux personnages, comme cela a lieu dans l'exercice des papaitac : un Druide et un enfant qui désire apprendre les mystères attachés aux douze premiers nombres. Chaque question se formule par un nombre : le Druide donne la série des mystères de ce nombre et par un procédé réellement mnémonique reproduit après chaque série les séries précédentes.

« Chante moi, dit l'enfant, la série du nombre trois, pour que je l'apprenne aujourd'hui. »

Et le Druide répond :

« Il y a trois parties dans le monde, trois commencements et trois fins, pour l'homme comme pour le chêne.

« Trois royaumes de Merlin, pleins de fruits d'or, de fleurs brillantes, de petits enfants qui rient.

« Deux bœufs attelés à une coque.

« Pas de série pour le nombre un. La nécessité unique : le trépas, père de la douleur, rien avant, rien de plus. »

On doit penser que chacun des termes composant une série devait former à son tour une énigme nouvelle. Mais alors le Druide, au lieu de donner l'explication, donnait le mot ; c'est-à-dire répondait à un papaita. Au fonds, le chant des séries est un catéchisme celtique, et si bien un catéchisme que le christianisme, ne pouvant le faire oublier, puisque les Bretons le chantent encore, s'est cru obligé de lui opposer un cantique latin disparu depuis quelques années seulement de la liturgie du diocèse de Quimper. L'économie de ce cantique est celle du chant breton :

« *Dic mihi quid quinque? — Quinque libri Moysis. — Quatuor Evangelistæ. — Tres sunt Patriarchæ. — Duo sunt testamenta. — Unus est Deus qui regnat in Cœlis.* »

Les Basques n'ont pas conservé le catéchisme de leur mythologie, comme ont fait les Bretons, mais bien celui qui correspond au cantique latin de Quimper, qui n'aurait aucune raison d'être si le chant celtique n'avait existé. Nous devons donc supposer, avec beaucoup de chances de ne pas nous tromper, que les Basques ont eu, sinon un chant similaire du chant breton, en ce qui concerne les papaitac de chaque série, du moins un catéchisme antique divisé comme le breton en douze chapitres ou mystères. De plus, comme le conte qui reproduit la leçon de catéchisme termine cette leçon par deux papaitac, nous devons croire aussi que le catéchisme basque procédait comme le breton par des questions de nombres auxquels répondaient autant de mystères, c'est-à-dire que chaque nombre présentait un papaita complet.

28. Les douze mystères, ou vérités

Il y avait une fois un pauvre homme veuf, avec onze enfants. Comme il ne pouvait suffire à soutenir sa famille, il s'en alla chercher fortune. A force de marcher, il arriva enfin à un beau château. Le maître vint le recevoir à l'entrée, et entra en conversation. Le pauvre raconta au seigneur rouge toutes ses misères et comment il avait abandonné ses enfants pour chercher fortune. Le seigneur rouge lui dit : « Si, d'ici à un an, vous devinez les douze mystères, je vous donnerai tout l'argent qu'il vous faut ; mais si vous ne les devinez pas, vous m'appartiendrez ». Le pauvre accepta la condition. Le seigneur rouge lui donna un boisseau plein d'or, une paire de bœufs et un aiguillon.

Grâce à cet argent, le pauvre, rentré chez lui, arrangea ses affaires à sa satisfaction. Mais l'année s'écoula et il n'était guère plus avancé que le premier jour dans la découverte des douze vérités.

Or, dans le même temps, St-Pierre habitait les environs, et le pauvre homme alla lui conter son histoire et lui dire son embarras. St-Pierre lui répondit : « Demeurez en paix, vous n'avez rien à craindre. Lorsque le seigneur rouge viendra, vous vous placerez derrière moi, et je lui répondrai pour vous. »

La chose ainsi entendue, le seigneur rouge arrive et demande à l'homme : « *Eh bien !* les as-tu trouvées ? — Oui, oui, dit l'autre. — Voyons, voyons, reprit le seigneur rouge, dis-les bien ». —

« Les douze sont les douze apôtres ;

Les onze, les archanges ;

Les dix, les dix commandements de Dieu ;

Les neuf, les réjouissances de la mère Vierge ;

Les huit, les cieux ;

Les sept, les lumières ;

Les six, les ordres ;

Les cinq, les joies de Jésus-Christ ;

Les quatre, les Évangiles ;

Les trois, les Vierges ;

Les deux, les deux autels de Jérusalem ;

Un seul est mon Dieu, c'est lui que j'aime et non pas toi » (1).

Après cette réponse, le seigneur rouge adressa ces questions : « Dans cette maison on a de beaux bœufs ? — Oui, dirent les autres, ce sont les petits de belles vaches. — Dans cette maison,

(1) Barzaz-Breiz, p. 16 : Duodecim apostoli ; undecim stellæ ; decem mandata Dei, novem angelorum chori, octo beatitudines ; septem sacramenta ; sex sunt hydriæ positæ in Cana galileæ ; quinque libri Moysis ; quatuor Evangelistæ ; Tres sunt Patriarchæ ; duo testamenta ; unus est Deus. Les réponses différentes en basque et en breton montrent que les deux documents sont indépendants l'un de l'autre, quoique composés dans une même vue.

on a un bel aiguillon? — Oui, dirent les autres, c'est le petit du coudrier. »

A la fin, le seigneur rouge reconnut St-Pierre et lui dit : « Ah ! Pierre, Pierre, te voilà ici ? — Oui, dit St-Pierre, comme toi, oui. — Le seigneur rouge dit à St-Pierre : « Cette eau là, réponds-moi, coule-t-elle en haut ou en bas ? — Qu'elle coule en haut ou en bas, suis-la en bas ».

Le seigneur rouge, à ces mots, prit la fuite et disparut, et le pauvre homme fut délivré.

Un conte écossais, dans Chambers, est fondé sur une idée semblable. On y trouve trois questions posées par un certain Rouge Etin, qui ressemble beaucoup au seigneur rouge du conte basque. Ces deux personnages, au fond, sont le malin. Mais le seigneur rouge, avant d'être le malin, était le seigneur sauvage, ainsi qu'on va le voir dans les contes suivants, et l'intervention de St-Pierre donne au récit une importance véritablement historique. Les deux cultes sont en présence et luttent de doctrine comme d'autorité. L'apôtre est le plus habile et le plus puissant, et le vieux païen s'avoue vaincu.

Dans une version de Mendive, St-Pierre est remplacé par un clerc ou un séminariste (Istudianta), muni probablement des ordres mineurs. L'imposteur est Basa Jaun, sous le nom d'Ancho, que nous lui avons déjà vu. Les questions de doctrine religieuse sont absentes, et la lutte de science ou d'habileté ne comprend que deux papaitac. L'étudiant l'emporte sur Basa Jaun, comme St-Pierre, par sa puissance (exorcisme) aussi bien que par la science.

29. ANCHO ET LE CLERC

Le même Ancho, Basa Jaun, ayant perdu la fille d'Ithurburu de Béhorléguy (qu'il avait dérobée), se retira aux Aldudes où il continua le cours de ses méchancetés. Un clerc le cherchait pour le maudire, mais Ancho restait caché dans son trou.

« Ancho ! Ancho! » criait le clerc ; mais Ancho ne paraissait pas. A la fin il lui dit : « Vois, vois! Ancho ; deux têtes dans un chapeau ! » (1).

Alors Ancho lui dit : « Moi, je sais un mystère plus grand. Je sais combien il y a de sources aux Aldudes, et j'ai goûté à l'eau de toutes ces sources. — Si tu as goûté une fois à l'eau de nos sources, reprit le clerc, tu n'y goûtera pas une seconde fois ».

Et il le maudit à jamais.

Dans une dernière légende, construite sur la même donnée, Basa Jaun, devenu plus accommodant avec le temps, se contente de trois vérités au choix d'un niais qui lui est tombé sous la main. La petite pièce ne laisse pas de faire bonne figure à côté des grandes.

30. LES TROIS VÉRITÉS.

Le berger d'Etcheverry de St-Michel, ayant enfermé son troupeau dans la borde (2), descendait de la montagne à la nuit tombante. Il cheminait depuis quelque temps quand il s'aperçut qu'il avait oublié l'écuelle au lait. Il revint donc sur ses pas, ouvrit la porte de la borde et recula d'effroi en apercevant un Basa Jaun au milieu du troupeau. Mais le Basa Jaun le rassura : « Dis-moi trois vérités à ton choix, et je te laisserai partir sans te faire de mal. »

(1) Deux têtes dans un béret sont chose impossible : un proverbe d'Ahaxe le dit : *Bounet batez ez dayte bi buru estal.* Aussi Ancho oublie-t-il sa prudence pour voir cette merveille Cf. dans la vie d'Esope *la ville à construire dans les airs.* La réponse d'Ancho fait pendant. Il y a autant de sources aux Aldudes que de galets dans le Gave.

(2) C'e t le mot béarnais. On dit Bordenave, en basque Etcheberry, Bordaberry, etc.

Le berger, retrouvant sa présence d'esprit, et désirant le contenter, commença ainsi : « Oh ! la belle nuit ! dit-on, pour une nuit où la lune éclaire ; il fait aussi clair que le jour. Cependant, monsieur, il fait toujours, à mon avis, un peu plus clair pendant le jour. »

— Cela est vrai, — répondit le Basa Jaun.

Le berger continua : « Quelle bonne méture ! dit-on encore ; elle est aussi bonne que le pain. Le pain, monsieur, est cependant meilleur que la méture. »

— C'est encore vrai, dit le Basa Jaun.

Un peu embarrassé pour trouver la troisième vérité, le berger finit par dire : « Monsieur, si j'avais pensé que je vous trouverais dans la borde, je me serais bien gardé d'y revenir. »

— Je le crois, répondit le Basa Jaun, et j'accepte cela pour une troisième vérité. Prends donc ton écuelle et t'en retourne à la maison (1.)

(1) 31. La version de Musculdy est moins élégante : « En automne, les bergers descendent des cayolars d'en haut à ceux d'en bas. Une fois les bergers oublièrent leur gril au cayolar d'en haut. Quand ils voulurent, le soir venu, faire cuire les galettes, ils s'aperçurent que le gril manquait. Comme tous redoutaient Basa Jaun et que personne ne voulait aller chercher le gril, ils convinrent que celui qui consentirait à remonter, aurait cinq sous. L'un d'eux, dit : « Moi, j'irai ; » et il s'en alla. Arrivé au cayolar, il trouva le le Basa Jaun devant un grand feu, faisant cuire des galettes sur le gril. Le berger, à cette vue, fut très effrayé ; mais le Basa Jaun l'engagea à entrer et à dire ce qu'il voulait. Il répondit qu'il venait chercher le gril. « Si tu me dis trois vérités, dit le Basa Jaun, je te donnerai le gril et te laisserai partir. » Le berger, après avoir un moment réfléchi, commença ainsi : « Monsieur, quelques gens disent, quand il fait clair de lune, que la nuit est aussi brillante que le jour ; mais à moi il semble que la nuit n'est jamais aussi brillante. » — Non ; cela est ainsi, c'est vrai. — « Monsieur, beaucoup de gens disent, quand ils ont une bonne méture, qu'ils la trouvent aussi bonne que le pain. Mais moi, je trouve toujours le pain meilleur. » — Tu as raison, cela aussi est vrai. — « Monsieur, si j'avais su vous rencontrer ici, bien sûr, je ne serais pas venu. » — Je le crois ; c'est

IV

LE MYTHE DE L'AURORE.

Voici un conte, dont l'interprétation me paraît assurée, où se manifeste la lointaine parenté des croyances Basques anciennes et des croyances des peuples classiques. J'en donne trois versions originaires, les deux premières de Mendive et d'Aussurucq, villages en pleine montagne ; la troisième d'Arhansus, au sud de Saint-Palais. M. Kennedy (1) et M. Stewart (2) ont donné des contes similaires sous le titre l'*Epouse retrouvée*. Mais ces deux récits qui portent des traces de remaniements littéraires, ne prêtent plus à aucune interprétation. Les trois versions du conte Basque, telles que les ont récitées les vieilles gens de Mendive, d'Assurucq et d'Arhansus, conservent encore, presque intact, leur sens mythologique.

32. LE LAMIGNA RAVISSEUR ET DÉÇU.

(Version d'Aussurucq.)

Marguerite Berterreix, de Cihigue, gardait ses brebis sur la montagne lorsqu'un Lamigna parut, la jeta sur son dos et l'emporta dans la grotte Lamignateguia, sans faire attention à sa résistance, ni à ses prières, ni à ses cris désespérés.

La nuit venue, ses parents s'inquiétèrent de ne point la voir rentrer. Dès le matin suivant, ils se mirent à sa recherche avec

vrai, ça aussi, dit le Basa Jaun ; et puisque tu m'as dit trois vérités, je te laisse aller avec ton gril. Mais je veux te donner un conseil. Ne sors jamais la nuit pour le gain, mais gratis. »

(1) Five Stories of Ireland.
(2) English and Scottish Peasantry.

leurs voisins, pensant qu'elle était tombée dans quelque précipice. Mais leur recherche ayant été vaine, ils rentraient chez eux, harrassés, quand un mendiant qui venait d'Aussurucq leur apprit que, la veille au soir, il avait vu entrer dans la grotte Lamignateguia un Lamigna portant sur son dos une fille qui jetait de grands cris.

Cette nouvelle accrut le chagrin des parents, parce qu'en cherchant à pénétrer dans la grotte, ils savaient qu'ils s'exposaient à la mort.

Or, dans ce temps-là, il y avait dans le pays des hommes sauvages, nommés Mairiac, beaux, grands et riches, que Roland chassa plus tard ; et toutes les semaines, sur la lande de Mendi, Mairiac et Lamignac se réunissaient pour assister à quelque spectacle.

Marguerite Berterreix était depuis quatre ans dans la grotte, nourrie par les Lamignac, entre autres bonnes choses, d'un pain blanc comme la neige. Elle avait un fils âgé de trois ans.

Un jour que les Lamignac se divertissaient au spectacle avec les Mairiac, elle dit à son fils : « Reste un moment sans faire de bruit, je reviendrait tantôt » et sortit de la grotte, puis, à toutes jambes, courut à la maison.

Ses parents eurent peine à la reconnaître, mais ensuite ils l'embrassèrent bien et songèrent à fêter son retour. La mère seule s'attristait : « Les Lamignac, disait-elle, ne tarderaient pas à venir pour chercher Marguerite, et il était urgent de la cacher. » Tout de suite on alla creuser dans l'étable une grande fosse dont on jeta la terre au dehors. On y mit Marguerite ; on couvrit la fosse avec des planches, en ménageant sous la crèche une ouverture pour laisser passer l'air ; on cacha le tout sous la litière, et on rattacha les vaches à leur place habituelle.

La besogne était finie à peine quand les Lamignac arrivèrent, réclamant Marguerite. Les parents affirmèrent qu'ils ne l'avaient point vue et les invitèrent à visiter la maison. Ils le firent et ne découvrirent rien.

Marguerite resta trois jours et trois nuits cachée dans son trou : mais ses parents, craignant la rancune des Lamignac, prirent le parti de l'envoyer à Paris. Elle n'était pas arrivée au-delà de Tardets que les Lamignac étaient dans la maison de Berterreix, recommençant leurs recherches inutiles.

———

C'est une simple historiette, dont les incidents, sauf un, ne semblent pas sortir de la vie ordinaire. Toutefois l'élément surnaturel qui s'y trouve la classe, sans plus ample examen, parmi les légendes mythologiques. Le premier fait est celui-ci : *Les Lamignac enlèvent les filles des hommes pour en faire leurs femmes.* Il est commun avec les légendes rapportées par Kennedy et Stewart. Mais dans ces légendes, quoique les filles enlevées ne restent pas avec leurs ravisseurs, on ne peut établir aussi nettement que dans le conte Basque le second fait bien plus important que le premier : *Les filles des hommes fuient la demeure des Lamignac et échappent à leur poursuite.* On relève enfin un troisième fait qui manque absolument dans les contes similaires : *La femme enlevée s'échappe d'une demeure souterraine.* (1)

Les Maïriac ne jouent qu'un rôle secondaire dans le récit et ne reparaissent pas dans les deux autres versions. Il y a cependant intérêt à savoir ce qu'ils sont. Ils figurent dans d'autres contes, et toujours à côté de Roland. Ce voisinage et leur nom lui-même font reconnaître en eux les Maures, non plus personnages historiques, mais passés à l'état mythologique, différant peu des Lamignac : « hommes sauvages, beaux, grands et riches. » Tous les ans, dit un autre récit, le cheval de Roland apparaît sur le pont d'Espagne et fait entendre un formidable hennissement. Alors les

(1) Voir toutefois Kennedy : *La femme recouvrée.* La femme s'appelle Marguerite comme dans notre conte. Elle est enfermée dans le vieux château des Fairies ; ce château, dans l'origine, devait être souterrain comme le château du Basa Jaun, dans la troisième version.

Mairiac vont se cacher au fond de leurs cavernes. Les Basques, même passablement instruits, ne les distinguent guère des Lamignac, et leur attribuent seulement une double dose de méchanceté. On retrouve une pareille assimilation dans une série de récits où figure le Tartare, nom historique qui a remplacé le nom basque du cyclope mythologique dont l'œil unique est percé par un nain intelligent. Ainsi a disparu de nos contes de fées le nom primitif remplacé maintenant par celui des ogres.

Dans la seconde version de la légende que j'étudie, *Basa Jaun*, le *seigneur sauvage*, est substitué au Lamigna ravisseur et déçu. On a vu dans la première version l'épithète Basa, *sauvage*, appliquée aux Mairiac. Le seigneur sauvage est donc le *seigneur malfaisant*, quelque chose d'approchant de l'*esprit malin*. Les Basques actuels, qui continuent le lent travail de transformation de leur antique mythologie, commencé par les générations précédentes, le représentent comme un géant velu, le confondant ainsi avec le Tartare féroce et anthropophage. Mais les légendes, dont le texte est plus tenace que l'opinion, invinciblement variable, des générations successives, n'assimilent jamais, d'une façon absolue, Basa Jaun aux génies de second ordre, ni ne lui donnent un caractère franchement malfaisant. Elles y tendent toutefois : elles commencent déjà à dédoubler Basa Jaun, à lui attribuer, concurrement à son caractère propre, des caractères étrangers à sa conception première. Mais on peut encore se retrouver dans cette confusion. Il faut surtout se rappeler que les cultes vaincus retournent au domaine de Satan. Le seigneur sauvage d'aujourd'hui s'appelait peut-être autrefois, Jauna, le seigneur, ou de quelque autre nom perdu, mais non Basa, le sauvage.

La même version lui donne un surnom particulier, Ancho, qui se retrouve dans d'autres récits. Ancho est un diminutif familier d'Antoine. De la même façon Lafontaine, au lieu de *Jupiter*, dit *Jupin*, et les Anglais : *Old gentleman, old nick*, au lieu de *Devil*. Un tel surnom, qui est la contre-partie de *Basa*,

3

n'a pu être appliqué que lorsque celui à qui on l'appliquait,
n'inspirait plus ni crainte, ni affection.

33. LE BASA JAUN RAVISSEUR ET DÉÇU.

(Version de Mendive.)

La fille de la maison Ithurburu, de Béhorléguy, menait paître
des brebis sur la montagne, dans le quartier d'Elhorta. Il y avait
alors en cet endroit, comme il y en a maintenant, beaucoup de
citernes.

Un jour, pendant qu'elle gardait son troupeau, un seigneur
sauvage, Ancho, parut et l'emporta dans une citerne, où elle
resta quelque temps avec lui. On la vit plus tard, au trou d'Ancho,
qui termine la citerne, à deux lieues d'Elhorta. Les gens de
Béhorléguy remarquaient qu'elle était toujours occupée à arran-
ger (1) les cheveux du seigneur sauvage, et cherchaient comment
la sauver de là.

A la fin, ils se rendirent au trou avec la croix et les autres
choses saintes, et la retirèrent des mains du seigneur sauvage.

Au moment où elle s'éloignait, le seigneur sauvage lui dit de
tourner la tête et de regarder derrière elle quand elle arriverait
à la maison.

Elle le fit et tomba morte aussitôt.

Le trou s'appelle encore le trou d'Ancho.

────────

Cette version reproduit les trois faits mythologiques de la première : 1° Ancho ravit une jeune fille ; 2° la jeune fille s'échappe ;
3° elle sort d'une demeure souterraine. Il faut remarquer un fait
nouveau et caractéristique. En s'échappant, la jeune fille tourne
la tête et meurt.

(1) Rien n'est plus fréquent que de voir les Lamignac peignant leurs
cheveux avec un peigne d'or. Ce fait caractérique, qui n'est pas encore
expliqué, se reproduit dans toutes les légendes publiées de l'Europe.

De fait similaire, dans les diverses mythologies, je ne connais que celui qui se rapporte à l'Orphée classique. Orphée et Eurydice sortent aussi d'une citerne, telle que l'entendent les Basques, c'est-à-dire d'une galerie qui met en communication le monde extérieur et le monde souterrain. Orphée, quoique averti, tourne la tête vers Eurydice et Eurydice meurt. (1) Dans le conte c'est la jeune fille qui est avertie et qui meurt : mais le changement de personne est peu important. La mort est le résultat du regard échangé.

Or, tous les mythologues conviennent qu'Orphée, dans la légende grecque, est une divinité solaire, et Eurydice une aurore. L'aurore s'élève des régions souterraines ; elle se montre un instant dans le ciel, suivie par le Dieu de la lumière, et s'éteint à ses premiers rayons.

Le dénouement de la première version n'est pas sans rapport avec celui-ci. Marguerite s'échappe poursuivie par les Lamignac et fuit jusqu'à Paris, c'est-à-dire au bout du monde. Au fond elle disparaît, perdue pour ses parents aussi bien que pour ses ravisseurs.

Je n'oserais dire encore que Basa Jaun soit une divinité solaire. Presque toutes les légendes qui le concernent le montrent agissant dans la nuit. Mais il est certain que, dans la hiérarchie basque, il occupait un rang plus élevé que les Lamignac. De ceux-ci il ne paraît pas que les missionnaires ou le clergé aient daigné s'occuper, tandis qu'ils ont déclaré la guerre à Basa Jaun. A Larrau, d'après les légendes, on devait dire tous les samedis un *Salve regina* pour protéger contre lui les récoltes ; à Saint-Sauveur, on sonnait la cloche pour l'éloigner, comme on fait pendant l'orage ; à Mendive, un clerc l'exorcisait ; à Bustince-Iriberry, St-Pierre lui-même venait opposer à ses mystères les

---

(1) Pausan. IX, 30, 6. Virgile. *Géorg.* IV, 486 sqq. Max Muller. *Mythologie comparée*, édition française, page 90.

mystères de la doctrine chrétienne. (1) Dans notre version, les gens de Béhorleguy s'arment contre lui de la croix et de la bannière. Il ne résiste pas, sans doute, à cette pompe chrétienne ; mais elle n'a pu être employée que parce qu'elle était jugée nécessaire.

Il n'en est pas ainsi de l'Eurydice basque. C'est une paysanne, Marguerite Berterreix ou la fille d'Ithurburu. On connaît son nom et son prénom chrétien ; on montre sa maison. Les conteurs vous diront qu'elle est bien connue dans le village et que sa déplorable histoire ne remonte pas plus haut que le temps de la mère de ma mère grand. Et cela doit être ainsi. Pour que la grand mère raconte un conte à sa petite fille, il faut qu'elle croie raconter un évènement, et prochain. Les noms, les lieux servent, à travers les âges, de véhicule au mythe qui, sans ces circonstances remaniées à chaque instant et appropriées à l'heure présente, périrait sans retour. Il en a été de même d'Orphée et d'Eurydice. Primitivement c'étaient un soleil et une aurore, puis ils ont paru soumis à la mort, et le mythe est devenu un évènement, sujet d'un conte.

Mais quelle que soit leur figure actuelle, Marguerite Berterreix et la fille d'Ithurburu étaient, dans leur conception première, des aurores, c'est-à-dire des divinités, et nous remarquons que de telles conceptions mythologiques descendent à la légende comme y montent les personnes historiques, Mairiac, Ogres et Tartares, par une altération inverse, qui identifie à la fin les unes aux autres.

34. LE BASA JAUN RAVISSEUR ET DÉÇU.

(Version d'Arhansus.)

Un Basa Jaun avait enlevé une belle fille à ses parents. Mari et femme habitaient, au fond d'une citerne, un château magnifique.

(1) Les légendes citées ont été publiées dans les Annales de la Société des Sciences et Lettres de Pau, vol. IV et V.

Chaque matin, à la lueur d'une chandelle, la dame montait au haut de la citerne et peignait ses cheveux.

Un berger, paissant ses brebis, aperçut un jour la belle dame peignant ses cheveux et s'en éprit. Il alla raconter à ses compagnons ce qu'il avait vu. On convint d'enlever la belle dame et de la conduire au cayolar (1). Mais comment faire? si Basa Jaun les voit ou les sent, il les mangera (2). L'un d'eux dit : « Moi, j'irai le premier et vous me suivrez. Je parlerai à la dame et tâcherai de la décider à venir avec nous. »

Le lendemain matin, ils vinrent à la citerne et aperçurent la dame peignant ses cheveux à la lueur de la chandelle. Le berger s'approcha et lui dit : « Bonjour, madame ! et que faites-vous ici, de si bonne heure ? » La dame répondit qu'elle avoit été enlevée par un Basa Jaun et que depuis elle vivait avec lui, non de bon gré, mais de force. Le berger reprit : « Et ne consentiriez-vous pas à être délivrée de votre mari. » La dame répondit : « Oui, oui, de bon cœur je vous suivrai. Mais je crains que Basa Jaun ne me rattrape et ne me mange après m'avoir tuée » (3).

Le berger la rassura et promit d'user d'adresse. Il fut arrêté que la dame, le lendemain matin, à une heure fixée, se tiendrait au coin de la citerne. Elle tint parole, et pendant que le Basa Jaun dormait, elle partit pour toujours avec le berger.

Deux jours après, comme sa femme était toujours absente, Basa Jaun commença à s'inquiéter. Pensant qu'elle était toujours à sa toilette, il monta en haut de la citerne, puis visita les environs. Il ne la trouva point.

Il voit alors qu'elle lui a été ravie. Il pleure, il se désespère; il pousse des cris effrayants. Dans sa rage, il déracine les arbres (4)

(1) C'est la grange ou la borde qui sert de refuge aux troupeaux et aux bergers pendant la nuit.

(2) Fait applicable au Tartare, transporté par confusion au Basa Jaun.

(3) Même observation.

(4) Fait se rapportant au dragon, Heren Sughea, qui brise les arbres d'un coup de sa queue ; ou au Tartare dans un conte encore inédit, qui a beaucoup d'analogie avec le petit tailleur de Grimm.

qui s'opposent à sa poursuite. Il parcourt tout l'univers pour rechercher sa dame.

Mais il ne put savoir ce qu'elle était devenue et mourut de chagrin.

Aux trois éléments communs relevés dans les deux premières versions, la version d'Arhansus en ajoute plusieurs autres qui permettent de compléter la démonstration.

Jusqu'ici l'heure du départ de la dame n'était pas indiquée. Nous voyons maintenant qu'il s'agit du matin. Tous les matins elle apporte sa lumière hors de la caverne, et elle s'enfuit un matin. Le seigneur dort encore. Traduisez, le soleil n'est pas levé, et les bergers aperçoivent la dame solitaire, peignant ses cheveux sur la limite du monde souterrain.

Cette suite si claire des incidents du récit est interrompue, il est vrai, par un détail contradictoire. La poursuite de Basa Jaun ne commence que deux jours après le départ de la dame. Le conteur sent lui-même qu'il a besoin d'une excuse pour expliquer cette négligence chez un mari passionné. Basa Jaun, dit-il, a supposé que sa femme était occupée tout ce temps à faire sa toilette. L'excuse est naïve, tout autant que la chandelle symbolisant la lumière de l'aurore. Mais il y a une autre raison.

Les légendes font souvent mention de l'infatigable activité de Basa Jaun, de sa marche précipitée, de ses sauts prodigieux qui rappellent ceux de Vishnou dans le ciel (1). Le conteur s'est donc dit que si Basa Jaun s'apercevait immédiatement du départ de la dame, il ne manquerait pas de la rattraper en trois enjambées. Mais, dans la légende, Basa Jaun ne doit pas rattraper la dame. C'est pourquoi le conteur lui donne une avance raisonnable. Dans la première version le conteur emploie un procédé équivalent pour permettre à Marguerite Berterreix de quitter

(1) Voir la légende du chandelier de St-Sauveur, dans le vol. IV des Annales de la Société de Pau,

la caverne. Il imagine que la caverne est abandonnée par les Lamignac un jour de fête.

Le récit ajoute que la dame « part pour toujours. » Ce sont les paroles mêmes employées par Urvâsi, l'aurore brahmanique, lorsqu'elle quitte Prourouravas : « Je suis partie pour toujours, comme la première des aurores ».

Le dénouement diffère du précédent. La dame ne meurt pas d'un regard, mais disparaît. La mythologie classique offrirait plus d'un exemple de ce cas ; celui d'Urvâsi, qui dit comme Marguerite Berterreix : « Je reviens » et qui ne revient pas et de Daphné qui, poursuivie par Apollon, lui échappe par une métamorphose. Elle disparaît aussi.

Les détails qui terminent le conte rentrent exactement dans le mythe primitif tel qu'il était lorsque les Basques en comprenaient encore le sens. En effet, Basa Jaun explore d'abord les environs de sa citerne, puis il parcourt tout l'univers sans rien trouver. Au bout de sa course, il meurt. Mettez le soleil à la place du Seigneur, et vous aurez un fragment d'hymne védique, aussi transparent, du moins. Le soleil se lève, il sort du monde souterrain, il parcourt les lieux qu'éclairait naguère l'aurore, il traverse le ciel, et va s'éteindre à l'occident.

Je ne veux tirer de ce petit travail qu'une conclusion. Tous les contes du pays basque n'offrent pas la même clarté que celui-ci, sans aucun doute. On voit cependant qu'il y a intérêt à les conserver tous, non seulement comme monument grammatical et littéraire, mais aussi comme pouvant aider à l'interprétation des contes similaires, qui ont perdu quelques uns de leurs éléments constitutifs. Au cas particulier, ils permettent de classer dans les légendes de l'aurore les nombreux contes publiés sous le titre de l'*épouse perdue et recouvrée* (1).

_____

(1) Ce chapitre a été lu à la réunion des Sociétés savantes à la Sorbonne, session de 1876.

V.

LAMIGNAC.

Sous leur forme actuelle, si altérée qu'elle soit, les contes relatifs aux Lamignac cachent, cela n'est pas douteux, un sens ou moral ou mythologique, comme les précédents. Nous ne cherchons point encore à le découvrir, par manque de temps d'abord, et ensuite parce que l'abondance des documents, que nous recueillons tous les jours, permet d'espérer que, parmi ceux qui sont inconnus, se manifestera le trait décisif, qui emporte la signification. Nous nous contenterons donc de donner les textes, en les rapprochant des contes similaires d'autres pays.

Nous ne connaissions jusqu'ici que des contes où figurent les Lamignac mâles, ce qui nous faisait hésiter à les comparer aux fées. Les contes suivants montrent les Lamignac mâles et femelles, en ménage; comme maris et femmes et ayant des enfants. Ils nous font pénétrer dans leurs demeures, modelées sur les demeures humaines, mais avec des caractères étranges de sauvagerie ou d'élégance supérieure, tels qu'en rêvent les pauvres gens à l'égard des riches ou des misérables.

Dans les contes de la Bretagne française, les Teuz et les Korils ont sur la lande leur ville microscopique, cachée sous la bruyère ; les Korigans ont bâti Keris sur la plage, où les toits des palais sont couverts de tuiles d'or, les jardins entourés de grilles d'acier poli et les écuries pavées de marbres précieux (1). Les Pixies, de Devonshire, habitent de jolis cottages ; les Fairies de Cornouailles, s'espacent dans des châteaux splendides, entourés de jardins fleuris et d'eaux limpides, où des groupes de gentlemen et de ladies promènent leurs loisirs, avec des histoires et des chan-

(1) Souvestre, *Le foyer breton, Les Korils de Plauden, le Sonneur, Teuz-ar-Pouliet* : pass.

sons (1). Si semblable que soit pourtant le monde féerique au
monde humain, les contes n'oublient jamais de séparer le premier
du second par une barrière surnaturelle. C'est un ruisseau qu'on
traverse sans se mouiller, une porte qui s'ouvre au milieu du
rocher (2). La lumière qui éclaire le paysage n'est pas celle du
soleil.

Le monde des Lamignac ne diffère de celui des Fairies, que par
l'absence des détails descriptifs. Les Bretons, des deux côtés du
détroit, vivent à côté des châteaux. Ce terme de comparaison
manque aux Basques. Il ne faut leur parler ni de tapisseries, ni
de bijoux, ni de meubles élégants, ni exiger d'eux une description
de salles royales. Mais la tradition persiste malgré tout ; ils
disent : c'était beau, plus beau encore, toujours plus beau. Et cela
suffit à la légende. Ils ne négligent jamais, ce qui est plus important qu'une description, de séparer le monde humain du monde
surnaturel où se déploie la légende, et la barrière est la même
que dans les *Mille et une Nuits* et les contes de Fairies.

La barrière surnaturelle n'est pas cependant infranchissable.
Un lien unit les habitants des deux mondes, d'affection, de protection et de besoins réciproques. On ne voisine pas absolument,
sans quoi toute hiérarchie disparaîtrait, mais les Lamignac récla-
ment les services des hommes dans certaines conditions, et les
hommes s'adressent aux Lamignac dans certaines circonstances.
Le régime féodal semble avoir laissé sa trace dans ces transac-
tions ; les Lamignac se conduisent comme les seigneurs à l'égard
de leurs vassaux ; les hommes comme les fermiers à l'égard de
leurs propriétaires, ou les pauvres à l'égard des riches.

Voici d'abord les femmes accoucheuses des dames Lamignac.

(1) Mʳ Bray. *La Pixy en mal d'enfant.* Hunt. *le fairy devenu veuf,* dans
Brueyre, p. 218 et 219.

(2) Mêmes contes. Cf. *Ali-Baba* et *la fée Pari-Banou,* dans *les Mille
et une Nuits.*

35. La Lamigna en mal d'enfant.

Une veille de la St-Jean, à l'aube, une belle fille entra chez la
maîtresse de la maison Gorritépé. « Bonjour, Marguerite, veuillez
venir avec moi dans votre bois ; il y a une femme en mal d'enfant
que vous accoucherez. » — « Et qui êtes-vous ? je ne vous connais
pas. » — « Vous saurez qui je suis ; mais venez tout de suite, je
vous en prie. » — « Je ne puis sortir en ce moment de la maison,
parce que je dois préparer le déjeûner des faucheurs. » — « Sui-
vez-moi, je vous prie ; vous n'aurez pas lieu de vous en plain-
dre. Votre fortune est assurée si vous nous aidez à lever cet
enfant. »

Marguerite obéit, et toutes deux se rendirent sous le bois. La
belle fille lui donna alors une baguette : « Frappez la terre, » dit-
elle. Marguerite frappa la terre, et voilà qu'un portail s'ouvrit devant elles. Elles entrent, et voient un beau château. Le château
devenait de plus en plus beau, éclairé par une lumière aussi
éblouissante que le soleil. « N'ayez pas peur, Marguerite, nous
sommes arivées. » Elles pénètrent dans un grand appartement, le
plus beau de tous. Au milieu de la chambre, se trouvait une Lamigna en mal d'enfant, et tout autour de la chambre, étaient
assises une foule de petites créatures, ne bougeant jamais.

Marguerite fit son office, et on lui servit un très-bon repas. De
plus, on lui donna un pain blanc comme neige. Puis, comme il
allait tard, elle demanda à se retirer. La même jeune fille l'accompagna jusqu'au portail ; mais, ni l'une ni l'autre ne purent
venir à bout de l'ouvrir. « Vous emportez quelque chose d'ici, lui
dit sa compagne. » — « Rien, si ce n'est un morceau de pain que
je voulais, à cause de sa beauté, faire voir à ma famille. » —
« Vous devez le laisser ici. » Elle le mit de côté, et le portail en
même temps s'ouvrit. « Voici votre paiement, Marguerite. C'est
une poire d'or ; vous n'en direz jamais rien à personne, et vous la
mettrez en lieu sûr, dans votre bahut. Tous les matins, vous trou-
verez, à côté de la poire, une pile de louis d'or. »

Marguerite serra la poire dans son bahut. Le premier matin, elle alla voir ce qui se passait dans le bahut, et y trouva un lingot d'or. Et de même tous les matins pendant longtemps ; si bien que, quoique la maison fût endettée, toutes les dettes furent bientôt payées, et qu'il resta une grande fortune.

Cependant, son mari conçut des soupçons, et Marguerite, pour avoir la paix, lui dévoila le secret. La nuit suivante, la poire disparut.

———

Le point le plus remarquable de ce récit, est la présence de ces petits êtres, immobiles, assis autour de la chambre : Qui sont-ils ? nous n'en savons rien. Dans le conte du Devonshire, nous remarquons également deux êtres étranges, sans rapport déterminé avec les Pixies. Ce sont d'abord deux jolis enfants, mais qui deviennent ensuite, quand l'accoucheuse voit plus clair, deux lutins à patte velue, faisant force grimaces et tirant les oreilles de la dame. Ce détail manque dans les deux récits suivants.

36. LA LAMIGNA EN COUCHES.

(Version de Gotein.)

A côté de la maison Sorçaburu de Gotein, coule un ruisseau dont la source n'est pas éloignée. A côté de la source, dans une caverne, habitaient des Lamignac.

Un jour, une Lamigna fut prise de douleurs. La dame de Sorçaburu, qui était sage-femme, fut appelée pour la délivrer. Grâce à elle, l'enfant arriva heureusement. Le lendemain, la sage-femme revint pour emmailloter l'enfant, et quand son travail fut fini, une Lamigna lui offrit en payement le choix entre deux pots à feu, l'un recouvert d'or, l'autre de miel. La dame de Sorçaburu choisit le pot au couvercle d'or. Alors la Lamigna lui dit : « Ah ! tu n'as pas bien rencontré. Le pot au couvercle d'or est rempli de miel : le pot au couvercle de miel est plein d'or. »

———

37. La Lamigna en couches.

(Version d'Aussurucq.)

La dame Arrun, d'Aussurucq, était sage-femme des Lamignac
qui, pour chaque couche, lui donnaient 20 francs et un bon repas.
Une fois qu'elle avait délivré une Lamigna et qu'elle voulait sortir
de la grotte, elle ne put avancer le pied, quoique rien ne la retint.
Elle pria alors un Lamigna de la laisser partir. « Vous emportez, lui dit celui-ci, quelque chose qui nous appartient ; laissez-le,
et vous irez. »

La sage-femme lui dit : « J'ai dans ma poche un peu de pain
pour le faire goûter à mes parents, parce qu'il est excellent. » Le
Lamigna lui dit : « Mangez-le et vous irez. » La sage-femme
obéit et sortit sans difficulté.

38. La Lamigna en couches.

(Version de Béhorléguy.)

La grand mère de ma mère était sage-femme à Ahaxe. Une
nuit, à une heure avancée, un Lamigna vint la chercher pour
accoucher sa femme. Ma bisaïeule avait grand peur, et consulta
son mari, assez embarrassé lui-même. Le Lamigna la rassura, et,
la mettant sur son dos, l'emporta, sans qu'elle sût comment, au
bord du Remous. Il lui fit passer le ruisseau sans se mouiller, et
la fit entrer dans une chambre la plus brillante qu'elle eût vue et
faite de pierres taillées.

Ma bisaïeule fit son office et déposa l'enfant dans son berceau
après l'avoir emmailloté. On la fit bien manger et bien boire, et
on lui donna une grosse somme en payement. Mais on lui défen-
dit de rien emporter de la maison que ce qu'on lui donnait.
Cependant, comme elle n'avait jamais vu de si beau pain et qu'elle
le voulait montrer chez elle, elle en mit un petit morceau dans sa
poche.

Lorsque ma bisaïeule arriva au bord de l'eau avec le Lamigna, celui-ci lui dit qu'il ne pouvait la faire traverser parce qu'elle avait dérobé chez lui quelque chose. Elle avoua qu'elle avait, en effet, mis dans sa poche un petit morceau de pain pour montrer chez elle ce qu'elle avait mangé. Le Lamigna le lui fit jeter dans l'eau, après quoi il l'emporta au-delà, comme auparavant, sans se mouiller les pieds, jusqu'à la basse-cour.

Une fois posée à terre, ma bisaïeule tourna la tête, et le Lamigna, d'un coup de couteau, lui enleva un œil pour la punir de l'avoir volé malgré sa défense (1).

(1). Mrs Bray, dans son conte *la Pixy en mal d'enfant*, donne la même conclusion d'un œil arraché ; mais l'acte est un peu mieux justifié. L'accoucheuse a tâté d'une drogue qui lui fait voir les génies en plein midi, et le Pixy lui arrache l'œil qui voit et qu'elle avait frotté de la drogue. Cette version de Béhorléguy, la seule qui renferme le détail, est donc particulièrement intéressante.

La femme qui ne peut sortir de la demeure souterraine parce qu'elle emporte un morceau de pain, n'est pas sans analogie avec Perséphone et le grain de grenade.

VI.

LES CHANGELINGS.

Les Korigans et les Fairies substituent quelquefois, dans les contes des deux Bretagnes, leurs enfants à ceux des hommes. Ces petits Changelings sont maussades, gloutons, affreux, et font le désespoir de leurs mères supposées. Cependant, les petits garçons élevés chez les Fairies deviennent beaux, grands et intelligents. Le même fait se retrouve dans les contes allemands. En Allemagne comme dans les deux Bretagnes, ce qui n'était qu'un mythe est resté, dans plus d'un endroit, une croyance superstitieuse, par la transformation des Fairies et Génies en esprits malins. Aussi les anciens indiquaient plusieurs moyens de se débarrasser des Changelings, dont le plus assuré était l'emploi vigoureux des verges. Aux cris poussés par le Changeling fouetté, la mère Fairie arrivait, reprenait son enfant, et rendait celui qu'elle avait dérobé. Luther conseillait très-sérieusement au prince d'Anhalt un procédé plus radical ; il voulait faire jeter le Changeling à la rivière, *au risque d'être homicide* (1).

Deux contes basques sont relatifs aux Changelings. Le premier qui paraît avoir réuni deux récits différents montre que les Basques ont, comme les Allemands, transformé le mythe en superstition, et le Changeling en esprit malin. Le second, d'une forme très-originale, paraît bien plus fidèle à l'antique tradition, qu'il ne mélange d'aucune croyance étrangère. Toutefois l'interprétation du mythe est encore à trouver.

39. Le Changeling.

Il y avait une fois deux pauvres gens, mari et femme, qui eurent

(1) V. Brueyre, p. 222. sqq. Grimm, *Les nains magiques.* La Villemarqué, *Barzaz-Breiz, l'enfant supposé.*

un fils. Dans leur voisinage, vivaient des gens riches et sans enfants.

Les pauvres se dirent entre eux : « Nous autres, nous aurons encore d'autres enfants, pendant que nos voisins n'en ont point ; mettons donc le nôtre à leur porte demain, pour qu'ils le nourrissent. »

Ils firent ainsi et quittèrent le pays.

Le lendemain, les servantes dirent à madame qu'un enfant avait été exposé à leur porte. Madame s'empressa d'aller chercher le petit ; elle le prit en ses bras et le porta à monsieur en lui disant : « Le bon Dieu nous a envoyé cet enfant pour que nous le prenions et l'élevions comme nôtre. » Et monsieur fut aussi satisfait que madame.

L'enfant grandit cependant : il alla à l'école et apprenait bien, en sorte que monsieur et madame étaient dans la joie.

Mais les autres écoliers étaient jaloux, et un jour ils dirent à l'enfant : « Tu crois être le fils de monsieur et de madame ; mais tu ne leur es de rien. Ils t'ont trouvé à leur porte. »

L'enfant retourna bien triste à la maison et raconta ce qu'on lui avait dit à l'école. Madame lui dit que ce n'était que médisances et elle pria le maître de défendre à ses écoliers de parler ainsi davantage. Mais les écoliers ne laissèrent pas que de répéter leurs méchants propos.

Le garçon déclara donc à ses parents qu'il voulait se faire prêtre, et fut mis dans un collège. Là, en peu d'années, il finit toutes les études nécessaires ; mais là aussi, un jour, quelqu'un lui reprocha d'être un enfant exposé. Alors, il quitta le collége, retourna à la maison et annonça qu'il était résolu à courir le monde. Il partit en effet, laissant la famille dans l'affliction.

Bien loin, il arrive à un village où il trouva tous les habitants réunis sur la place et pleurant. Il demande ce qui se passe, et on lui répond : « Nous avons ici un condamné à mort. On l'accuse d'avoir tué celui qui est là-bas, et cependant il est innocent. »

Le clerc se rendit auprès du condamné : « Avez-vous tué cet homme ? » — Non, répondit l'autre.

Il va ensuite auprès du mort, ouvre le livre (1) et dit : « Toi, cet homme t'a-t-il tué ? » — « Non », répondit le mort.

Sur quoi on mit le condamné en liberté. Et le clerc l'accompagna dans sa maison et l'on fit grande fête.

Puis le clerc demanda à l'homme et à sa femme : « Avez-vous quelque autre chose qui vous peine ? » — « Oui, nous avons un enfant qui, depuis vingt ans, reste aussi petit qu'au moment de sa naissance. » — « Où est-il ? » — On le conduit dans la chambre et on lui montre l'enfant dans son lit. « Voulez-vous, dit le clerc, me laisser seul ici ? » On y consent. Il ferme la porte. Il ouvre son livre et dit à l'enfant au berceau : « Toi qui es là, sous la forme d'un enfant, je te l'ordonne, assieds-toi. »

L'enfant s'assit. — « Lève-toi ! » — Il se lève. « Saute par la fenêtre et ne rentre plus ici. » — L'enfant s'envole par la fenêtre en poussant un cri horrible.

Alors le clerc sortit de la chambre et dit à ces gens : « Vous autres, vous avez exposé un enfant il y a vingt-deux ans. Le bon Dieu vous a punis en vous envoyant le malin esprit à sa place.

Et moi, je suis l'enfant que vous avez abandonné. »

40. Les petits Lamignac

Jadis, avant la venue de notre Seigneur Jésus-Christ, des laboureurs, hersant leur champ, sentirent avec surprise les dents de la herse retenues à la terre. Ils regardèrent pour en découvrir la cause, et trouvèrent sous la herse autant de petits enfants qu'il y avait de dents à l'instrument, tous pleurant. Leur cœur se serra à cette vue, et, pris de compassion, ils délivrèrent les pauvres petits, puis les emportèrent à leur maison. Là, ils les soignèrent

---

(1) Ce livre n'est ni le petit, ni le grand Albert. Il est orthodoxe. Dans un autre conte, la Ste-Vierge apporte à une pauvre fille poursuivie, un livre aussi puissant que celui du clerc. Dans l'un comme dans l'autre cas, on retrouve une application de cette croyance si fréquente d'objets nombreux, qui ont un pouvoir absolu sur les choses : anneaux, lampes, etc.

comme leurs propres enfants et les élevèrent dans leur religion.

Or, ces enfants étaient envoyés du monde souterrain par les Lamignac qui voulaient que leur race s'étendit peu à peu sur la terre, qu'elle y fut connue et réputée.

Lorsqu'ils furent devenus grands, les pères et les mères leur bâtirent pendant la nuit des maisons, ou plutôt des palais, tout en pierres de tailles, telles que les maçons de nos jours ne pourraient en bâtir de semblables.

Tous ces enfants se nommaient les uns les autres : Guillen. C'était Guillen par ci, Guillen par là. Et lorsqu'on leur demandait où ils avaient leurs pères et leurs mères, ils répondaient : « Nous, nous sommes les enfants des Lamignac. Notre père et notre mère s'occupent à faire de l'or et de l'argent pour nous, quand nous serons devenus grands. »

———

Le conte ne parle pas, comme on voit, d'échange, mais d'exposition d'enfants. On voit aussi que les petits Lamignac ne ressemblent en rien aux petits monstres paresseux qui refusent de grandir chez leurs pères nourriciers. On suppose néanmoins qu'ils travaillent peu et qu'ils comptent sur les trésors de leur race, ce qui les distingue des petits paysans.

VII

LES LAMIGNAC MAÇONS

J'ai déjà donné deux exemples des travaux nocturnes des La-mignac : l'*église d'Espés* et le *pont de Licq*. De ce dernier récit j'ai reçu une agréable variante qui mérite d'être conservée. J'avais indiqué aussi la légende de l'église d'Arros sans en donner le texte, je le donne aujourd'hui. La tour de Hasparren est le sujet d'un troisième récit, marqué, comme les deux autres, d'une pointe de badinage.

41. L'ÉGLISE D'ARROS

L'église d'Arros, si l'on en croit les anciens, a été bâtie par les Lamignac. Les gens du village voulaient que l'église s'élevât sur la place, et déjà ils y avaient réuni tous leurs matériaux. Mais, tous les soirs, les Lamignac emportaient tout, planches et pierres, au sommet de la montagne, et tous les matins les Arrosiens les allaient rechercher et les rapportaient sur la place. A la fin, ils perdirent courage et résolurent de ne plus bouger. Pourtant l'un d'eux dit : « Je veux les guetter et savoir comme ils s'y pren-nent. » Et il alla s'asseoir sur une poutre pour attendre leur venue. Mais il finit par s'endormir et voilà que les Lamignac aussitôt arrivent et l'aperçoivent : « Tu voulais nous attraper, dirent-ils, et bien ! c'est nous qui t'attraperons. » Alors ils prirent la poutre où l'Arrosien s'était endormi, et, sans qu'il s'aperçoive de rien, l'emportèrent au haut de la montagne. Les murs étaient terminés, ils le perchèrent au-dessus. Quand il s'éveilla le lendemain, il fut fort étonné de se trouver là et descendit comme il put.

Les Arrosiens, voyant qu'ils n'étaient pas les plus forts, laissè-rent les Lamignac agir à leur guise et achever sans obstacle, en haut de la montagne, l'église commencée.

Nous avons là le premier exemple d'une œuvre des Lamignac arrivée à sa perfection.

42. LE PONT DE LICQ.

Depuis long-temps les gens de Licq désiraient avoir un pont
sur le gave. Mais l'endroit était dangereux et personne n'osait
l'entreprendre. Un beau jour, ils convinrent d'en charger les
Lamignac. Ils les mandent au village et exposent leur embarras.
« Nous ferons votre pont, dirent les Lamignac, et en bonnes
pierres de taille, dans la nuit de demain, avant que le coq ait
chanté, mais sous une condition. » « Quelle est, dirent les
Licquois, votre condition? » — « Vous nous donnerez en paiement
la plus belle fille de Licq. »

C'était un grand crève-cœur pour les Licquois de livrer la plus
belle de leurs filles; mais ils étaient obligés d'en passer par là
et ils acceptèrent. La nuit suivante les Lamignac se mirent
à l'œuvre.

Or tout le monde sait bien qu'en tout pays les belles filles
ne manquent pas d'amoureux. La belle fille de Licq avait aussi
le sien. Averti de ce qui se passait, l'amoureux vient à la brune
se poster près de l'endroit où travaillaient les Lamignac, et il voit
avec terreur que du train dont ils y vont, la besogne sera terminée
avant la moitié du temps fixé. Le cœur malade, pris d'une sueur
froide, il s'ingénie et trouve enfin une ruse.

Il se dirige vers un poulailler, en ouvre doucement la porte
et, avec ses mains, simule le bruit des quatre ou cinq coups d'ailes
que donne le coq avant de chanter. Le coq se réveille en sursaut,
craignant d'être en retard, et crie : « Coquerico. »

Il était temps. Les Lamignac avaient soulevé la dernière pierre
à moitié de sa hauteur. Au chant du coq, ils la jetèrent dans l'eau
et avec grand bruit s'échappèrent en disant : « Maudit soit le coq
qui a jeté son cri avant l'heure. »

Depuis, disent les anciens, personne n'a pu faire tenir dans
la place vide ni cette pierre ni d'autres.

43. La tour de S^t-martin de. hasparren.

A St-Martin, sur la montagne, s'élève une tour construite par les Lamignac. On y arrive par un chemin sous terre. C'était une croyance générale que des trésors y étaient renfermés, or et argent en abondance, à découvert ou cachés.

Un jour, les Conseils d'Isturitz et de St-Martin, précédés des curés des deux paroisses, se rendirent à la tour pour vérifier le fait. Ils trouvèrent une salle immense pleine, jusqu'au plafond, d'écus de cinq livres. Mais sur le tas un dragon, sa queue enroulée, reposait.

Alors un des curés fit quelques prières pour conjurer la bête qui, relevant la tête peu à peu, se glissa bientôt dehors. Le curé engagea les conseillers à prendre l'argent, en bonne conscience. Mais tous, craignant le dragon, refusèrent de s'en charger, du premier au dernier.

Et le trésor est encore dans la tour de St-Martin de Hasparren.

VIII.

Il n'est guère de contes se rapportant aux Lamignac où l'on ne retrouve un ou deux ou même tous les traits caractéristiques suivants :

1° Le peigne d'or et l'acte de se peigner les cheveux ;

2° La possession des trésors ;

3° Le pain blanc comme neige ;

4. Le transport à califourchon.

1. Le peigne d'or et l'acte de se peigner les cheveux n'appartiennent pas exclusivement à la mythologie basque et se reproduisent dans les deux Bretagnes, en Allemagne et dans les pays Slaves.

En Cornouailles, un vieillard, se promenant sur la grève, aperçoit une fille de la mer (Mermaid) dont les cheveux étaient si longs qu'ils la couvraient toute entière. Elle se mirait dans une mare en peignant sa chevelure.

Dans la Cornouaille française, le Seigneur Nann va en chasse : « Il trouva un petit ruisseau près de la grotte d'une Korrigan et tout autour un gazon fin et il descendit pour boire. La Korrigan était assise au bord de sa fontaine, et elle peignait ses cheveux blonds, et elle les peignait avec un peigne d'or. — Ces dames-là ne sont point pauvres. »

Dans un conte des higlands un fermier promet son fils à une jeune dame si elle lui apporte le peigne d'or d'un géant. « Tous les matins, dit un conte tchèque, lorsque la belle Zlato Vlaska peigne ses cheveux d'or, l'éclat qui en resplendit va se répandre et se réfléter sur le ciel et sur la mer.

Zlato Vlaska est, dans cette phrase, une aurore ; et nous avons, dans plusieurs contes basques, vu l'aurore peignant ses cheveux. Il ne faudrait pas conclure que l'acte de se peigner les cheveux est caractéristique de l'aurore. Car, avec une telle conclusion,

on trouverait à peu près autant de mythes basques de l'aurore
qu'il y a de légendes relatives aux Lamignac.

Mais on peut très bien admettre que le peigne d'or est repré-
sentatif d'un rayon et qu'il y a affinité entre les Lamignac et la
lumière. Le conte 13ᵐᵉ (1) nous montre une Lamigna poursuivant
un garçon impertinent qui se réfugie sur un point éclairé par le
soleil. Elle ne peut le suivre, dit le texte, là où le soleil brille, et
lance contre lui son peigne d'or qui le blesse au talon.

2. 3. L'hypothèse, sans doute hasardée, que les Lamignac sont
des rayons étant admise, les deux caractères qui suivent : la possession des trésors et le pain blanc, s'expliquent avec une entière
facilité.

Dans l'opinion des Basques, les trésors des Lamignac sont en-
fermés dans des cavernes où l'on n'arrive que par une galerie
souterraine. Cette galerie est interrompue de temps en temps par
des failles, au fond desquelles sont entassées les pièces d'or.
Quand on jette une pierre dans la faille, elle produit un son mé-
tallique en arrivant au fond. Mais ces détails sont d'invention ré-
cente. Avant que les hommes attachassent du prix à l'or, avant
surtout que l'or fut frappé, la croyance aux trésors souterrains
existait, et tous les ans le printemps les amenait à la superficie
sous la bienfaisante influence des rayons du soleil. Le vrai trésor,
c'est le pain blanc comme neige, et il date du premier jour où
l'homme s'est uni à l'homme dans une société de protection et
d'efforts communs. Mais l'homme en société a toujours su que ce
n'était pas lui qui le faisait sortir des régions souterraines, et c'est
ainsi qu'il a divinisé les rayons du soleil. Les Lamignac, maintenant difformes, ont été peut-être les frères des Grâces grecques

(1) Voir le IV vol. des Mémoires de la Société, p. 246. J'ai remarqué
l'analogie entre le récit et celui de la mort d'Achille, blessé au talon
par la flèche d'or de Pâris. C'est une image du soleil défaillant et presque
couché. Tout le disque est caché sauf un dernier segment. Le Dieu
pénètre dans le pays des ombres, la tête la première. Son talon est
la dernière partie visible. La flèche part, il meurt.

et latines, qui ne sont aussi que les rayons bienfaisants (1) du soleil. Deux contes de cette série montrent les Lamignac transformant instantanément en champ fertile un terrain pierreux. Le peigne d'or y a sa place.

4. Les voyages de Sindbad fournissent le seul exemple que je connaisse du transport à califourchon. Comme dans les contes basques, il s'agit d'un ruisseau à traverser. On remarquera que la mention d'un ruisseau ou d'une source est fréquente dans les récits où il est question de Lamignac. Les eaux, comme les métaux précieux, comme les plantes, sortent du sein de la terre et appartiennent au domaine des Lamignac, en tant qu'ils possèdent et dispensent les trésors. Les Lamignac conservent d'ailleurs toujours le même nom, et forment une seule catégorie d'êtres supérieurs, sans se décomposer en génies familiers, champêtres, aquatiques, forgerons, constructeurs, tous ayant, dans les systèmes mythologiques du Nord, un nom spécial.

Ces observations, très-insuffisantes, sont les seules que nous puissions faire encore. Nous essaierons de les compléter plus tard.

44. La Llamina de la fontaine Juliane (2)

La veille de la St-Jean, à minuit, une Llamina se peignait avec un peigne d'or et puis se lavait à la fontaine Juliane. Feu Barrenty, qui passait par là, l'aperçut. La Llamina lui dit : « Si vous voulez me transporter jusqu'aux terres pour lesquelles vous payez la dîme, vous serez assez riche pour avoir un aiguil-

---

(1) On peut consulter dans le tom VI, p. 264 de la Revue archéologique, nouvelle série, le mémoire intitulé *les Charites*.

(2) Remarquer l'orthographe du mot. Les *ll* mouillées ont remplacé les *n*. Esquiule est la seule localité où cela se trouve jusqu'ici.

lon d'or (1) ». La Llamina était toute petite (2). Barrenty la mit
à califourchon sur ses épaules et gravit le vieux chemin qui mène
às on champ.

La Llamina en ce moment lui recommanda de ne se point laisser effrayer par rien de ce qu'il verrait.

Bientôt il arriva avec sa charge à l'échelon du champ (3). Mais
pendant qu'il le montait, il voit des serpents, des crapauds et
mille autres bêtes hideuses qui faisaient mine de le mordre. Il
eut peur et s'enfuit en laissant tomber la Llamina. « Ah ! malheu-
reux ! dit-elle, vous m'avez remise dans l'enchantement pour cent
années. »

Depuis ce temps, Barrenty ne réussit à rien. Son bien fut mor-
celé. Tout fut perdu, jusqu'à la trace de sa maison, et ses terres
passèrent à ses voisins.

A la fin de plusieurs périodes centenaires, à partir de ce jour,
la Llamina a été guettée par Bassagaix et par d'autres savants plus
anciens, mais elle n'a pas reparu.

45. Le Lamigna transporté et le tablier plein d'or.

Un homme, passant à côté d'une citerne, aperçut un jeune
Lamigna qui se peignait, ayant devant lui un tablier plein d'or.
Séduit à cette vue, il demanda au Lamigna d'où il avait tiré tout
cet or, et laissa paraître combien il serait heureux d'en avoir
seulement une partie. Le Lamigna lui dit : « Tenez, ce trou que

(1) C'est une expression proverbiale : Il est assez riche pour porter un
aiguillon d'or.

(2) Nous avons ici la première fois une Llamina dont la taille rappelle celle
des Korigans et des Elfes : *Little people.* Chez les Basques comme ailleurs,
les génies tendent à se rappetisser.

(3) Les champs, dans le pays basque, sont quelquefois protégés par des
murs de soutènement en pierres sèches. On ménage dans le mur trois ou
quatre pierres en saillie formant escalier. C'est une entrée praticable pour
des bipèdes et qui ne l'est pas pour des quadrupèdes.

vous voyez, si profond, est plein d'or, et je vous donnerai celui
qui est dans mon tablier si vous voulez me porter sur votre dos
jusqu'à tel endroit. » Marché conclu, le Lamigna donne le tablier
et s'installe sur le dos de l'homme.

Ils arrivèrent ainsi à une forêt infestée de crapauds et de serpents. Le porteur s'en tira comme il put, avec son bâton. Puis ils
arrivèrent à une rivière qu'il s'agissait de traverser. L'eau était
profonde ; l'homme ne savait pas nager et se sentait fatigué. Il
songea quelque peu au parti qu'il avait à prendre, puis entra dans
l'eau avec le Lamigna. Mais quand il eut fait trois pas, il le jeta
au beau milieu de l'eau et s'enfuit au plus vite.

Le Lamigna se noya probablement, car on n'en entendit plus
parler.

46. Barantol et la belle dame.

Un jour, Barantol gardait ses vaches dans la montagne de Jora.
La pluie l'obligea à chercher un refuge dans un trou sous un
grand rocher. En y entrant, il aperçut une belle dame qui brodait.
— « Qui êtes vous ? » demanda Barantol. — « Je suis, dit la dame,
une princesse enchantée (*inkantatia*). Je dois rester ici cent ans.
Ne le dites à personne, parce qu'autrement je serais à jamais
condamnée. »

Barantol promit bien, mais ne tint pas sa parole. La dame
le sut et lorsque le pasteur revint dans sa caverne, elle lui dit :
— « Ah ! Barantol ! Barantol ! Ton sabot restera toujours débridé. »
— Et sur cela elle disparut.

Jamais depuis, Barantol ne réussit à clouer solidement une
bride à son sabot.

47. Le pain des lamignac. (1)

Une fois par semaine, la dame d'Aguerria allait faire le pain

(1) Le pain, comme le blé, se dit *oguia*, mot qui paraît appartenir à la
langue nationale. Les Basques tiennent particulièrement à la blancheur

des Lamignac au rocher de *la Fée*. Les Lamignac lui avaient donné une baguette pour qu'elle pût passer l'eau sans se mouiller. Il lui était défendu de rien prendre dans leur maison. Elle s'avisa cependant un jour de prendre un peu de pâte pour savoir quel goût avait le pain. Arrivée au bord de l'eau, elle frappa de sa baguette comme de coutume ; mais les eaux ne se séparèrent point.

La reine des Lamignac (Lamignen guchiẹnska) (1) se présenta à elle et l'accusa d'avoir dérobé quelque chose chez elle, ce que a dame d'Aguerria ne put s'empêcher d'avouer.

La Lamigna lui dit alors : « Vous ne viendrez plus dans notre maison. Nous avions l'intention de vous donner, en récompense de vos services, une malle remplie d'or, mais vous ne l'aurez pas. »

Depuis ce jour, la malle pleine d'or est exposée au milieu du rocher, en haut d'un escalier, au delà du pont d'enfer. (2)

48. Même mesure ne fait pas même poids.

Un autre fois la même dame de Sorçaburu alla vers les Lamignac pour leur emprunter une mesure de froment jusqu'à la saison prochaine.—« Volontiers nous vous prêterons, dirent-ils, une mesure de froment, à condition que vous nous rapporterez même mesure, pesant exactement même poids. » — La dame fit la promesse et emporta son grain à la maison.

Après la récolte, elle reporta chez les Lamignac la mesure de froment. Ils trouvèrent qu'à la vérité la mesure était la même,

et à la beauté du pain. Il n'y a pas long-temps que l'on soumettait, dans les maisons riches, la farine à un second blutage, lorsqu'elle revenait du moulin.

(1) Le terme basque est le même que celui qui est employé dans le conte des *deux bossus* pour désigner le président du sabbat.

(2) Les petits basques jettent des pierres après la malle en question, pour entendre le son de l'or qui s'y trouve enfermé et que nul n'a pu enlever.

mais non le poids. En vain la dame de Sorçaburu offrit d'ajouter à la mesure assez de grain pour arriver au poids, elle ne put faire accepter ce surplus aux Lamignac, et ils lui dirent :

« Si vous voulez que même mesure ait même poids, semez votre froment à la basse lune de l'avent. »

49. Le champ d'Iribarne et les Lamignac.

Iribarné d'Aussurucq, aujourd'hui défunt, allant à sa grange, trouva près de la croix des champs un peigne d'or qu'une Lamigna y avait oublié. Quand il revint, la Lamigna le pria de lui rendre son peigne ; mais Iribarne nia qu'il l'eût trouvé.

La même nuit, le champ d'Iribarne, voisin de la croix, fut couvert de pierres d'une telle grosseur, qu'aucun homme n'aurait pu les remuer ; et le matin Iribarne vit avec douleur son champ ruiné et revint conter son malheur à la maison.

Son voisin le plus proche lui fit entendre que sans doute il avait blessé les Lamignac, seuls en état de porter ces grosses pierres en une seule nuit. Iribarne essaya encore de nier, puis finit par avouer qu'il avait trouvé un peigne d'or et refusé de le rendre à la prière de la Lamigna.

Le voisin lui conseilla de reporter le peigne d'or où il l'avait trouvé, Iribarne y consentit et, dès la nuit suivante, son champ fut débarrassé de toutes les pierres qui l'encombraient.

Depuis ce moment, tout le monde respecta les objets appartenant aux Lamignac.

50. Le champ de Salharang et les Lamignac.

Salharang allait un matin visiter son pré, le même qu'on appelle le pré des Lamignac. En arrivant il aperçut une belle dame qui se peignait. La belle dame le vit aussi et disparut à ses yeux comme une vapeur.

Arrivé auprès de la source, il trouva un beau peigne en or qu'il prit et emporta à sa maison.

Le lendemain, comme il se rendait encore à son pré, il fut très surpris de le voir couvert de vingt ou trente mille charretées de pierres. Alors il revint prendre le peigne à la maison et le remit à l'endroit où il l'avait trouvé.

Le matin suivant, il alla de nouveau visiter son pré et le trouva dans le même état qu'auparavant, débarrassé de toutes les pierres.

Mais le peigne n'y était plus.

IX.

La pièce suivante mérite d'être classée à part. Sans doute on retrouve plus d'une fois dans les contes traditionnels, même basques, l'œuvre de l'homme accomplie par des êtres surnaturels, génies et animaux, pendant que l'homme lui-même se repose. Mais celui-ci nous donne, sauf erreur, le premier exemple de mouches asservies à l'homme et travaillant pour un salaire. Il n'est pas sans intérêt de remarquer qu'il nous vient d'Esquiule, où les Lamignac sont plus petits qu'ailleurs.

C'est une femme de 85 ans, Mme Marie Bordarchar, qui raconte cette alerte historiette.

51. LES MOUCHES DE MENDIONDO.

Le maître de la maison Mendiondo était un grand fainéant et pourtant la besogne était toujours plus vite terminée chez lui que chez ses voisins. En une seule heure d'une matinée, la prairie, au-dessous de la maison, se trouva fauchée ; un dimanche, pendant la messe, fut scié tout le froment d'un champ.

Les voisins étaient fort étonnés parce qu'ils ne voyaient jamais chez lui aucun ouvrier.

Sa femme aussi se méfiait.

Or, un dimanche, avant de se rendre à la messe, elle le vit de loin cacher quelque chose dans une broussaille. Elle y alla, curieuse de savoir ce qu'il y avait mis, et y trouva un étui. Elle l'ouvrit et il en sortit dix mouches.

Les mouches voltigent à ses yeux, à ses oreilles et bourdonnent : « Cer eguin ? cer eguin ? cer eguin ? Quoi faire ? quoi faire ? quoi faire ? »

Epouvantée, la femme leur dit : « Rentrez bien vite dans le trou. » Les mouches aussitôt rentrent dans l'étui.

La femme le ferma et le remit en place.

Elle s'empressa de raconter à son mari ce qui lui était arrivé, et le mari avoua que c'étaient les mouches qui faisaient le travail de sa ferme.

A partir de ce moment, quelque besogne que la femme leur donnât, elle était faite en un moment.

Un jour (qu'il n'y avait rien à faire), les mouches tourmentaient la femme en disant : « Lan ! Lan ! Lan ! Travail ! travail ! travail ! » Elle leur donna un crible : « Allez, leur dit-elle, remplissez d'eau la barrique vide qui est dans la cave. Vous prendrez l'eau dans le canal du moulin, et vous la transporterez dans le crible en montant par la prairie qui est au-dessus de la maison (1). »

En un instant cela fut fait et les mouches étaient encore là, harcelant la femme et bourdonnant : « Lan ! Lan ! Lan ! Travail ! travail ! travail ! »

A bout de patience, elle dit à son mari : « Quelle merveille est-ce que ces mouches ! Il faut absolument nous en défaire. — Oui, répondit le mari, mais nous devons à chacune payer ses gages. — Donnez leur, dit la femme, les dix oies qui sont un peu au-dessus de la maison. »

En même temps, les oies s'envolèrent avec des cris bruyants vers les nues et les mouches de Mendiondo ne reparurent plus.

(1) La bonne femme cherche évidemment à se débarrasser de l'importunité des mouches. Elle indique le chemin le plus long et le vase le moins commode pour transporter de l'eau. Mais de longue date les êtres surnaturels savent se servir d'un crible pour un tel usage.

FIN DE LA DEUXIÈME SÉRIE.

TEXTE EUSKARA

Igande egun batez, guiçon bat juan cen hesi zilo baten tapat-
cera, ilhori hache bat bizcarrean.

Jaincoa aguertu çacon bidea eta erran çacon : « ene eguna
profanatu dialacoz, ez ducalacoz ene leguea obeditu, punitua
içaen haiz garrazqui ; arguituico duc munduaren akabantçaraino
gau guciez. » Eta ordu berean, altchatu çuen bere ilhori hachea-
requin eta gueroztic ilhargui cerbitçatcen da.

Récité par Hitta, Jean, d'Arhansus, 38 ans. Transcrit par M. Jauréguy.

Emaztequi batec bacituen bi seme, bat chuhurra, bertcia erhoa.
Chuhur hori cen etchengo guidamena, eci ama hura eri cen.
Bere doloren eztitceco, emaztequi harec hartcen cituen mainiac,
çoin chuhurrac onxa prestatcen beicituen. Egun batez chuhur
hori ez etchian içanez, erhoa içan cen cargatia mainiaren pres-
tatciaz. Arras contentic lan harez, gogoan phassatcen du behar
duela anaiac baino hobequi mainia prestatu eta bere ama mainu
ountcian eman ondoan, husten daco gainera bertz bat hur heraqui.
Ama gachua içan cen egosia istant berian. Bi anaiac holaz guelditu ciren bakharric etchian. Egun batez behar çutela cherri
bat erossi, yuan ciren merkhaturat. Cherria erossi eta chuhurrac
içanez bertce lanic eguiteco oraino merkhatian, eman cian anaiari
cherria khordatic eraman eraz ceçan etcherat. Bidian cherria bere
lengoayan mintço cen ; erho hori eneaturic bethi haren entçutez,
erraiten daco eya nahi duen yocatu çoin lehen etchera. Hain sarri

uzten du khorda eta lasterrari emaiten etcherat buruz. Arraxian chuhurra yin cenian hasten da non den cherria. Bertciac erraiten daco cer phassatcen cen : Bertce aldico ikhasac, erraiten daco chuhurrac, merkhatian erosten denian cerbait, behar dic ekharri etcherat khordati atchiquiz. — Onxa. — Hanti ondoco merkhatian yuaiten dire berriz. Orduyan erosten dute pegar bat. Erhoa bakharric abiatcen da etcherat. Ez baitçuen ahantci anaiac errana, estecatcen du bidian pegarra khorda batez eta abiatcen du therteca. Pegarra milla çathitan guelditu cen bidian. Chuhur horrec ikhoustiarequi deus honic etçutela eguiten ahal, eta erresoursa guti etchian ukhanez erraiten du anaiari esque yuan hehar dutela. Etchetic phartitcian chuhurra lehen yalqui baitcen erraiten daco erhoari : « bortha thira eçac, » eta aintcina yuaiten da. Erhoac enthelegaturic bortha biscarrian thiratu behar çuela, atheratcen du. Ez çuen hartuz gueroz utci nahiçan, nahiz chuhurrac erran çacon ez çuela haren beharric. Arraxeco heltcen dire oyhan batera eta lurrian ez etçan nahiz igaiten dire arbola baten phunttara, erhoa bethi bere bortha biscarrian. Gauaren erditan hamar bat ohoin yiten dire arbola haren aspira zacu handi bat urhez betheric, han phartitciaren eguitera. Noiz eta ere hasi baitçiren khondatcen, erhoac erraiten daco anaiari : « Ez diat guehiago atchiquiten ahal bizcarrian bortha hau. » Ber demboran utci çuen erortcerat. Ohoin horiec icituric Jincoac cerua gainera botatcen ciotela, espacatu ciren eguin ahala laster. Chuhurrac yaquin çuen diriaren khondatcen. Eguin eraciric yauregui eder bat, bi anaiac bici içan ciren aberax.

Récité par Pierre Etchebarne, 40 ans, qui le tient de sa grand'mère. Transcrit par M. Constantin, inst. d'Ispoure.

XXIV. — GUILLENPEC.

Aita batec, hiltceco mementoan deithu cituen bere hirur semeac eta erran cioten : « Ene haurrac, hiltcera noha oray ; nola beititut « bi idi eta behi bat, hauc phartituco tuçue ; çuec, bi çaharrenac,

« hartuco tuçue idiac eta emanen duçue behia Guillenpequi. »
Aita hori hil cenean, eguin çuten partaya harrec erran beçala.
Guillenpec hasi cen enheatcen etchian, eta fortuna eguitera juan
behar diela ideya jiten çaco ; egun batez erraiten du bere anayei :
« Oiçue, ni enheatua nuc bethi hunen phazcatcez ; ez diat pro-
« fituric erretiratcen esne chorta bat baicen ; hil behar diat eta
« hunen larrua harturic, juan behar diat fortuna eguitera. »
Anayec eraiten diote : « Ichilic ago, ez deçala erran ez eguin
« holacoric ; denec erranen die enuchenta aicela ; cer nahi duc
« eguin larru horrequin ? » Bainan Guillenpec ez du casuric eguiten ; hiltcen du bere behia eta larrua bizcarrian harturic juaiten
duçu ossaba baten etchera. Ossaba hura larru marchanta cen.
Guillenpec joiten du bortha ; nehor ez çaco çabaltcea heltcen.
Joiten du berriz ere eta so eguiten sarrailaren chilotic ; ikhusten
du jaun bat hutcha çahar batean gordetcen. Ichtant baten buruan,
etchecanderea borthala aguertcen da. Ikhusten du Guillenpec
eta sarrarazten du ; galdeguiten daco nola den eta cerc hara eremaiten duen. Guillenpec erraiten dio : « Ossaba etchian da ? nahi
« nuen ikhusi, banuque larru bat hari saltceco. » Etchecandereac
errepostua : « Ez, camporat juana duc, bainan fite jinen duc ;
« iguricac ichtant bat ; arte huntan puchi bat janen duc, ceren
« gosetua içan behar duc. » Guillenpec : « Ez, ez, precisqui,
« enaiz batere gose ; etchetic phartitcean, onxa jan dut ; bainan,
« nola puchi bat unhatua banaiz, jartcen naiz memento bat. »
Hori erran eta jartcen da justo justoa hutcha çahar haren gainean,
non baitcen gordatua erran delaco guiçona. Elhequetan ari delaric
etchecandereaequin, arribatcen da nausia. Ikhustez han Guillenpec, content da eta erraiten dio : « Adio, Guillenpec, nola hiz,
« berri onez ala gaistoz heldu haiz ? » Guillenpec khondatcen
daco bere ossabari nola aita galdu duten eta nola bere aita phar-
tearendaco içan duen behi bat, eta behi hura hilic heldu çacola
larruaren saltcea, nahi badu erosi. Ossabac erraiten dio : « Bai, bai,
erosico diat saldu nahi duianaz gainean ; cembat behar duc ? »
Guillenpec : « Emaiten dautaçuna hartuco dut, contentatuco naiz

5

« çuc emaiten duçun precioaz. » Ossabac emaiten dio hamar
libera eta Guillenpec arras content da. Ossabac galdeguiten dio :
« Errac, beharra baduc diruic edo bertce cerbait, asqui duc gal-
« deguitea içanen tuc. » Guillenpec : « Mila esquer, ene ossaba,
« ez dut diru beharric, hargatic nahi badeitaçu eman ene azpico
« hutcha hau, accetatuco dut, ceren ez baitut non eçar nere
« arropa charrac. » Ossabac gogotic ceditcen daco. Han elhequetan
egon ondoan cembait demboraz, Guillenpec phartitcen da bere
hutcha çaharra biscarrian. Etcheraco bidean baçuen phatar gachto
bat ; hantic beheitic juaitean, lerratcen da eta hutcha çaharra
itçulica juaiten erreca batera draino. Haren barnen cen jauna
hasten da oihuz : « Aie, aie, hila naiz ! » Guillenpec : « Cer
« jauna, çu ere hor, nontic jin cira ? » Jaunac erepostua : « Cho,
« cho, mintça citè emequi, eta etçaçula nehori erran, emanen
« dauçut ehun lus. » Guillenpec hartcen tu ehun lusac eta bere
hutcha eta Jauna errecan utciric, jiten da etcherat. Heldu denean,
hasten da saquelaco diruen iharausten. Anayac estonatuac dire
non bildu tuen diru hec denac, non saldu ahal içan duen larru
hura hain khario ; erraiten diote Guillenpequi : « To, hi juanez
« gueroz ama hil içan baita, eta ez baitugu horren ehortzeazteco
« diruic, hic eguinen duc eta pagatuco fresac. » Guillenpec :
« Bai, bai, nic badiat dirua frango, ez diat nahi nehoren behar
« cizten : nic ehortzico diat ama guria. » Bihamun goizean goizic,
nguratcen du ama mihisse churi batez eta hura bizcarrian harturic
iphartitcen da eliçaat ; han eçartcen du cofessionalin eta juaiten
da sacristiarat aphezaren edireytea ; erraiten dio : « Jauna, placer
« bacinu gure ama cofesatu, hor da cofessionalin çure guaiti,
« bainan puchi bat elkhora baita, mintça caquitço gorachco. »
Aphezac : « Onxa da, onxa da, banua berhala. » Juaiten da bere
penitentaren edireytea ; galdeguiten dio : « Aspaldi dia cofesatu
çarela ? » Batere ez erreposturic. Aphezac berriz : « Aspaldi dia
cofesatu çarela ? » Oraino, batere ez erreposturic. Apheza samurt-
cen da eta hirur garren aldian galdeguiten dio : « Aspaldian cofesatu cienez ? » eta ber demboran emaiten daco phussadaco bat.

Hila erortcen da eta erortciarequin eguiten du habarrotz handi bat. Guillenpec lasterça jiten da eta oihu eguiten dio aphezari : « Ama « hil dautaçu, ama hil dautaçu, pagatuco duçu khario, banua jus-« ticiaren prebenitcea. » Aphezac erraiten dio : « Egucaçu, « ichtant bat, othoi, ez dut eguin nere nahiz ; galdeguiten nacon « heya aspaldian cofesatu cenez, eta ezpeiçautan emaiten erre-« posturic, ustez lo cen, eman dacot phussada ttipi bat eta erori da; « bainan etçaçula nehori erran phixic, arranjatuco dugu afera « gure artean; cembat behar duçu? » Guillenpec : « Sei ehun « libera. » Aphezac : « Ez cireya content içanen hirur ehun « liberaz? » Guillenpec : « Ez, behar dut sei ehun libera, edo ez « badiutçu emaiten galdeguinac, eguinen tut ene pleintac.» Aphez gachoac, batic ez baitçuen nahi afera arguit ledin, juan cen etchera eta eman çazcon Guillenpequi bere sei ehun liberac. Guillenpec diru hori irabaciric juaiten da bere ama bizcarrian nehorc ikhusi gabe ilherrila ; han berac egulten du zilo bat eta ehorsten du. Guero juaiten da etcherat jornale ona irabaciic. Anayec galde-guiten diote : « Ehortzi duca ama? » Guillenpec : « Ez, saldu diat. » Anayec : « Cer, ama saldu diala ! cembat eguin duc? » Guillenpec : « Sei ehun libera. » Anayac orduco ezconduac baitciren, deci-datcen dute behar dutela emazteac hil eta saltcea eeman: Erran beçala, hiltcen diuzte, eta juaiten dire hiriz hiri, herriz herri, hec bizcarrian saldu nahiz. Bainan nehorc etcioten erosi nahi içan, eta etcherat turnatu ciren bere gorphutz hilequin. Orai ez daquite nondic isseya ; emazteac hilac, idiac çorrec eremanac, etchian ez cer jan ! Erraiten dute batac bertciari : « To, gure anaya aberax « baita, behar diagu hatcheman eta hil ; guero haren ontasuna « hartuco diagu eta partajatuco. » Guillenpec orduan ardi saldo bat erosiric artçain çagon herri auço batean. Bi anaye horiec phartitcen dire eta gauco arribatcen herri hartara ; hasartez aloyatcen dire beren anayaen ostatu berean. Eguiten dituzte com-plimenduac Guillenpequequin eta gomitatcen dute escatcea. Guillenpec juaiten da tranquilqui; hara denean bi anayac lotçen çazco eta zacu baten barnean sartcen dute. Guero juaiten dire

afaita, content, bihamenian Guillenpequen arthaldia ustez bere
duqueten. Guillenpec ez cen hain content posicione hartan;
harat itçul, hunat itçul, isseyatcen cen bere buruaren libratcea,
bainan zaquia cordaz onxa tincatua baitçen, ez çuen erreusitcen
ahal. Arte hartan arribatcen da escatcea etchengo muthila;
ikhusten du zacu bat iguitcen dena eta haren barnean norbait
mintço erraiten duelaric : « Ahal dena jinen duc, bainan ez diat
« hartuco. » Muthil horec galdeguiten dio heya han cer ari den
eta cer duen; Guillenpec eresponditcen daco : « Adisquidea,
« çuen etchean afaitan ari diren bi jaun horiec nahi çautaden
« eman hamar milla libera, eta nic ez bainituen nahi hartu, eçarri
« nute hemen barnen; horra eguia gucia. » Muthilac erraiten dio :
« Çuc ez batutçu nahi hartu, nic hartuco tut bai eta çure plaçan
« hor sartuco. » Erran beçala, Guillenpec libratcen da eta muthila
zaquian sartcen. Ordu berean Guillenpec çabaltcen tu escatceco
borthac, eta bere ardiequin espacatcen da urrun, bide tchar bat-
çuetaric gainti. Bihamenean, anayac jaiqui eta juaiten dire ardier
so eguitera : ez dute batere idireyten; ez dute diruic ostatuco
fresen pagatceco eta ostalerac erretenitcen diote bunetac. Juaiten
dire berriz coleran anayan ondotic; harrapatcen dute itchas baz-
terrean ardi tropa baten alhaazten; galdeguiten diote : « Nondic
« tuc ardi horic? » Guillenpec : « Oiçue, mainhatcen ari nint-
« celaric, itchassoa goiti heldu baitcen, berequin ekharri diztac. »
Anayec : « Oraino ere bada? cer dire jauscari hec? » Guillenpec :
« Hoic, ardiac tuc ecin hunat jinez, juaiten bahiz chercara,
« lagunduco tuc. » Sartcen da beaz bata, eta aitcina juaiten.
Bertce anayac Guillenpequi : « Errac gure anaya cer ari da hor
« besoez jestocan? » Guillenpec : « Ai duc ederrenen hautatcen. »
Hori entçun du baia, bertce anaya sartcen da itchasoan, ibiltcen
bere anayaren gana; biac aintcinegui juan ciren eta itho. Guillenpec aldiz bere arthaldiarequin turnatu cen etcherat eta urus
biciçan cen. Eman cioten pec icena, bainan familiaco abillena
guerthatu cen.

Récité par Marie Elissalde, 75 ans, de Bustince, Transcrit par M. Jau-
léguy, Instit. de Bustince.

XXV. — LES DEUX BOSSUS.

Herri batian bacen atcho bat sorguina. Ibiltcen cen, behar çuen beçala, akhelarren. Herri hartan berian baciren bi ttonttor. Ideran çuten emaztequi chaharño hura sorguina cela, eta batac erraiten daco aldi batez : « Ez çaçula gorda, badaquit sorguina cirela eta yin nahi niz gaü batez çurequin akhelarrerat. » Emaztequiac dissimula puchca bat eguinic lehenic, aythorcen daco sorguina cela, eta hitz emaiten daco yuanen direla elgarrequin akhelarrerat. Choilqui erraiten daco oraño : « casu eguin çaçu honi : Gure guehienac erraneracico baiterauzcu asteco egunen icenac deneri ; errazquitçu : Astelehena, astehartea, asteazquena, osteguna, ostiralea, hiacoitça ; bainan ez erran Igandia. — Onxa da, » erraiten du ttonttorrac.

Biltçarreneco gaüa yin denean, atchoa eta ttonttorra yuayten dire akhelarrerat. Heldu beçain emanic hasten dire asteco egunen icenen erraiten Guehienaren aitcinean. Ttontorraren aldia yin denean, erraiten du : « — Astelehena, Astehartea, Asteazquena, Osteguna, Ostiralea, Hiacoitça, Igandea. — Nor da Igandiaz mint-çatu den hori ? » dio hain sarri Guehienac. — « Ttonttor hori, » diote bertcec. — « Khen çacocie berehala bizcarreco ttonttor hori. »

Gure ttonttorra alaguerra etcherat yuaiten da. Bertce lagun ttonttorrac icustiarequi erraiten daco : « Nola miraculu holaco guiçon ederra eguin hiz ? » — Khondatcen daco cer igaran cen eta engayatcen du harec beçala eguitera. Ttonttorra sendatceuc nahicariaequi yuaiten da sorguina gana çoinec bertciari erran ber gauça erraiten beyteriou. Yaiten dire guero biac akhelarrerat eta ttonttorraren aldia yin denean, hasten da : « Astelehena, Aste-hartea, Asteazquena, Osteguna, Ostiralea, Hiacoitça, Igandea. — Nor da Igandia dion hori ? » erraiten du oraño ere Guehienac. — « Hortcheco ttonttor hori, » diote bertcec. — « Emacocie bizcarre-rat aytcineco ttonttorrari khendu ttonttor hori. » Gacho bigarren ttonttorra yin cen etcherat triste eta aitcinetic doble cargarequin.

Récité par Pierre Elissalde, d'Ispoure. Transcrit par M. Constantin.

XXVI — LES DEUX BOSSUS.

Version de St-Jean le vieux.

Guizon gazte bat, cuncurra, Donibane garaçi inguruetacua, amoratu cen auzo herri batetaco nechcato batez.

Elgarri hitzeman ciren ezcontzaz. Muthicuari debecatia zitzayon emazte gayaz ikhustera yitia ebiacoitz arratsetan. Lekhu hautan, gau hura da amorosguaco gau berecia. Defendio horrec phentsaketa ilhun batzu emaiten ziozcan guizou gazte horri ; phentsatcen cien cembait partida baziela egun hetan errecebitcen cienic, eta beldurtasun horrec emaiten zien inketadura batzuetan. Egun batez, bizkitartian, nahi ukhan zuen bortcha eguin debecu horri. Yuan cen nechcatuaren etchera, bainan falta harrapatu zuen. Iguricatu ondoan dembora lucez, bainan debaldetan, itzuli zen bere etcherat, mila phentsaketaz hartua. Berriz itzuli zen biharamunian. Galdeguin cioen bere maiteari, nun cen bezperaatsian. Hainitz dudaren buruan, obligatua eguiaren erraitera, aithortu cioen akhelarren cela.

« Sorguina cira beraz ? » « Bai, » ihardesten du, « eta zutaric doha hala bilhacatcia. Cer behar dut eguin ? Sar aracico citut bilkhuraco salan, eta aitzindariac erranen dauzunian appela eguiteco, erranen duzu : Astelehena, bat ; Astehartia, biga ; Astezkena, hirur ; Ortceguna, laur ; Ortciralia, bost ; Ebiacoïtza, sei. Bara cite erran gabe ondoco egunaren icena. » Hitz eman zuen erran zioten bezala eguitiaz.

Heldu ondoan akhelarreco lekhura, gure guizon gaztia eman zuten zokho batian. Haren emazte gaya yuan cen sorguinen aitzindariaren gana, eta mement baten burian, gure ttuntturra gomitatia izan zen appelaren eguitera. Erran zien : « Astelehena, bat ; Astehartia, biga ; Astezkena, hirur ; Ortceguna, laur ; Ortciralia, bost ; Ebiacoïtza, sei ; Igandia, zazpi. »

Hitz hortan, izan zen salan nahasmendu bat izigarria, doluaraci zioena guizon gazte hari sorguin izaiteco guticia. Bizquitartian,

buruzaguiac deithatcen du bere oïnetara, eta ohartciarekin cuncurra cela, oihu eguiten du khen dezacotela bere cuncurra, eta
ezar dezatela ezpata baten puntan. Berehala haren cuncurra izan
zen khendia, colpia sendatia, eta gure guizona itzuli zen etcherat,
content bere pidayaz.

Biharamunian, igandian, ikhusten zuten chuchen, lerden, eta
sendatce horrec fama bildu zuen inguru gucietan. Ondo hartaco
ttunttur guziec nahi ukhan zuten yakin nola obratu cen sendatce hori, eta bacenez moyenic heyendaco ere, itsusgarri hortaric atheratceco. Erraiten zioten gauza eguin ahal zaïtekééna
cela, bainan behar cela mila louis. Yende beharrec ezin zezaketen
ihardex galde horri ; familia hun batetaco seme batec hun hartu
zuen condicionia. Ikhasi zuen cer behar zuen eguin, eta egun
izendatian, onhetsia izan cen bilkhuraco barnian. Galdia eguin
ziotenian, erran zezan appeleco senhalia, izendatu zituen asteco
sei egunac eta guero igandia. Harramantza bera erreberritu cen,
eta galdeguina aitzindariaren ondora, izan zen condenatia gure
lehen suyetaren cuncur ezpataren puntan zagoenaren hartcera.
Izan zen gueroztic cuncur aitcinetic, eta cuncur guibeletic.

Transcrit par M. Bidart, de *mémoire*.

XXVII. — PAPAITAC (1).

Çuc papaita, nic papaita ; çuc gaiçoto, nic gaiçoto. Cer da?
1 Achourian chouri, bildoxian gorrí, ardian beltch? Marhuga.
2 Erregueren aitcinian igaraiten, oumageric eguin gabe? Hoa.

(1) ÉNIGMES.

Vous, une énigme, moi, une énigme. Vous savez une chose ; je sais
une chose. Qu'est-ce?
1 Qui est blanc à l'âge de l'agnelet, rouge à l'âge de l'agneau, noir à l'âge
de la brebis? La mure de haie.
2 Qui passe devant le roi sans le saluer? Le chien.

3 Horra jauci, houna jauci, jaun gorri bilaici? Cucussoua.

4 Secula içan, ez içanen eztena? Gathiaren beharrian sagu habia.

5 Goure çamari chouria heguiz hegui ebilten? Lanhoua.

6 Araxen bezti eta goiçan bilaizten? Suia.

7 Úthurrialacouan khantatcen eta etcheacouan nigarrez? Ferreta.

8 Lurren gañen phala, phalan gañen makhila, makhilan gañen çoroua, çoron gañen eyhera? Guiçona.

9 Itchasouan edan eta bortian pphicheguiten? Odeia.

10 Chouizco da, belzco da, pphenxatcen gaizco da? Phica.

11 Borontian makhila ourthe oroz adarra sortcen? Orkhatça.

12 Mundia unguratcen dien gaiça? Arguiçaguia.

13 Mundian den gaiçaric beltcena eta itchoussiena? Herioua.

14 Bere estalguia janharitaco? Suia.

15 Abitia oro guerrenez? Sagaroia.

16 Etchian hamasei ahizpa algarren khantian egoiten eta ebilten eta ez secula algar hounquitcen? Arhe hortçac.

3 Un monsieur rouge et nu, toujours sautant de ci, de là? La puce.

4 Qui n'a jamais été et ne sera jamais? Un nid de souris dans l'oreille d'un chat.

5 Un cheval blanc courant de sommet en sommet? Le brouillard.

6 Ce qu'on habille le soir et qu'on déshabille le matin? Le feu.

7 Ce qui chante en allant à la fontaine et pleure en revenant? La cruche.

8 La pelle sur la terre, le bâton sur la pelle, le sac sur le bâton, le moulin sur le sac? L'homme.

9 Ce qui boit dans la mer et urine sur la montagne? Le nuage.

10 Qui est blanc et qui est noir, difficile à deviner? La pie.

11 Qui a sur le front un bâton, poussant chaque année une branche? Le cerf.

12 Ce qui fait le tour de la terre? La lune.

13 La chose la plus laide et la plus noire? La mort.

14 Qui se nourrit de sa couverture? Le feu.

15 Qui est habillé de broches? Le hérisson.

16 Seize sœurs marchant l'une près de l'autre sans se jamais toucher? Les dents de la herse.

17 Oyhanialacouan bethi etcheat soz eta etcheacouan oyhanialat soz? Ahuntçaren adarrac.

18 Houran gañen glorious eta lurraren ikhoustiac hiltcen? Araña.

19 Bethi dabilana secula baratceco? Houa.

20 Etchian emaztebat luce, beltz, ezpain okher batequi? Laatça.

21 Guiçon mehe bat biçar bakhoitz batequi? Phertica.

22 Mundu hountan den gaiçaric çalhiena, deusec arrestatcen ahal eztiena? Ezpiritia.

23 Harriala ourthouc ez hausten, houriala ourthouc eta hausten? Papea.

24 Mundia bertanenic unguatcen dien gaiça? Fama gachtoua.

25 Secula lanic ez eguiten eta noun nahi janhari franco? Suguia.

26 Uda oro khantatcen eta neguian hiltcen dena? Illarhotia.

27 Uhaitcian bousti gabe igaraiten dena? Chahala amaren sabelian.

28 Laur beharri, sabel egarri? Asca.

29 Debria çokhotic soz? Bala arcabusan.

Transcrit par M. Irigoyen, Inst. d'Aussurucq.

17 Qui regarde la maison en allant au bois, et le bois en venant à la maison? Les cornes de la chèvre.

18 Qui est spendide dans l'eau, et meurt en voyant la terre? La truite.

19 Qui marche toujours sans jamais s'arrêter? L'eau.

20 Une dame longue et sèche, à la maison, avec une lèvre recourbée? La crémaillère.

21 Un garçon maigre, avec un seul poil de barbe? L'aiguille enfilée.

22 La chose la plus leste du monde, et que rien ne peut arrêter? L'esprit.

23 Ce qu'on jette sur la pierre sans le briser, et qui se brise dans l'eau? Le papier.

24 Ce qui fait le plus vite le tour du monde? La mauvaise renommée.

25 Qui ne travaille jamais et trouve partout de quoi manger? Le serpent.

26 Ce qui chante tout l'été et meurt quand l'hiver vient? La cigale.

27 Ce qui traverse la rivière sans se mouiller? Le veau dans le ventre de la vache.

28 Ce qui a quatre oreilles, et un ventre altéré? Le pétrin.

29 Le diable qui regarde de côté? La balle dans le fusil.

Nic papaita, çuc papaita; nic beitakit gaiça, çuc ere heltu
bada beste gaiça. Cer da ?

30 Aita gouriaren capa oro bethatchu? Hegatça.

31 Barrica batetan bi ardou suerte, eta secula ez nahasten?
Arrautcia.

32 Laur andere bouéita batetan cerraturic? Intçagorraren laur
ichterrac.

33 Athorra larrun barnen? Khandera.

34 Laur andere algarren ondouan lasterrez, eta secula ez algar
hatçamaiten? Cruceidiac.

35 Oyhanilacouan etcherat sos, eta etcheracouan oyhanilat?
Ahuntçaren adarrac.

36 Laur beharri, sabel egarri ? Aska.

37 Subañic goreniala igaiten eta houric chipiena ecin igaran?
Uñhuria.

38 Hara jauci, houna jauci, jaun gorria bilaici? Cucussoua.

39 Jaun bat lephouareki eta buru gabe, bessoueki eta sankho
gabe? Athorra.

Transcrit par M. Iriart, Inst. de Larrau.

Moi, une énigme, vous, une énigme. Je sais une chose comme vous
en pouvez savoir une autre. Qu'est-ce ?

30 La cape de notre père, faite toute de morceaux ? Le toit de la maison.

31 Une barrique contenant deux sortes de vins qui ne se mêlent jamais ?
L'œuf.

32 Quatre dames enfermées dans une boîte ? L'amande dans la noix.

33 Ce qui porte la chemise sous la peau ? La chandelle.

34 Quatre dames courant l'une après l'autre, sans jamais se rattraper ?
Le dévidoir (à quatre branches).

35 Ce qui est tourné vers la maison en allant à la forêt et vers la forêt
en revenant à la maison ? Les cornes de la chèvre.

36 Qui a quatre oreilles, et dont le ventre a toujours soif ? L'auge.

37 Qui grimpe au sommet des grands arbres et ne peut franchir une
goutte d'eau ? La fourmi.

38 Qui saute de ci, de là, un monsieur rouge et nu ? La puce.

39 Un monsieur ayant un col sans tête, deux bras et point de jambes ?
Une chemise.

40 Arratsen beztitcen dena goizan bilaizten ? Suia.

41 Laur andere algarren lastercatcen bena secula ez algar atza-
maiten ? Cruceidia.

42 Laur beharri sabela egarri ? Asca.

43 Hutcha tchipi pounpoulinatu, guiltcic gabe eta cerratu ?
Araoutcia.

44 Tchipian buhurri, handian farfail ? Iratcia.

45 Berde beita, ezpeita *suskerra* ; choui beita, ezpeita elburra ;
bizarra beitu, ezpeita guiçona ? Phorria.

46 Oihanilacouan etcherat so, etcheracouan oihanilat so ? Ahunt-
zaen adarrac.

47 Tchoi pintratu etchen sarthu, ez mintzatu, mezia descargatu ?
Letea.

48 Larrun barnen athorra ? Khandea.

49 Bizcarra aitcinian, sabela guibelian ? Zankhoua.

50 Gouatzan, gouatzan ! gauden, gauden ! Tchostan, tchostan ?
Houa, harria, arraña.

Qu'est-ce ?

40 Qui s'habille le soir et le matin se déshabille ? Le feu.

41 Quatre dames courant l'une après l'autre sans jamais s'atteindre ?
Le dévidoir.

42 Quatre oreilles, ventre altéré ? Le pétrin.

43 Un petit coffre enjolivé, sans clé et fermé ? L'œuf.

44 Tordu quand il est petit, plumeux quand il est grand ? La fougère.

45 Vert sans être le lézard, blanc sans être la neige, barbu sans être
l'homme ? Le poireau.

46 Qui, allant au bois, regarde la maison, et revenant à la maison,
regarde le bois ? Les cornes de la chèvre.

47 Un oiseau peint qui entre dans la maison, et sans rien dire se décharge
d'une commission ? La lettre.

48 Qui a une chemise sous la peau ? La chandelle.

49 Le dos devant, le ventre derrière ? La jambe.

50 Allons, allons ! Restons, restons ! Jouons, jouons ? L'eau, la pierre
et le poisson (dans le ruisseau).

51 Andere bat bilho bakhotch? Phertica.

52 Nouat houa buhurria? Cer dioc urkhatia? Gaña jauzten banit-
zaic hautseco déiat buria? Cia eta Suguia.

53 Etchen ichilic, oihanian cancaz? Haizcora.

54 Zamari chouia ild-erreçan? Irina ascan.

Transcrit par M. Basterreix, Inst. d'Alçay.

XXVIII. — LES DOUZE MYSTÈRES OU VÉRITÉS.

Bacen lehenago guiçon pobre bat familiaz cargatua : bacituen
hameca haur eta emaztea hila çuen. Nola ez baitçuen jatecoric
batere bere eta haurrentaco, ecin bician baitcen, abiatu cen fortuna eguitera. Ibiltcez, ibiltcez, arribatu cen gaztelu eder batea.
Sartcen da barnen eta nausia jiten çaco errecibitcea. Elhequetan
abiatcen dire eta pobriac khondatcen daco Jaun Gorriri bere
miseria guciac, erraiten daco nola, bere haurrac abondenaturic,
phartitu den fortuna eguitera. Jaun Gorric eraiten dio : « Hemendic
« urthe baten buruco phentxatcen baduçu hamabi misterioac,
« emanen dauçut behar duçun dirua ; bainan ez baduçu eguiten
« orduco, içanen çare neretçat. » Pobreac hitzemaiten dio gogotic
eguinen duila orduco, eta horren gainean Jaun Gorric emaiten dio
gaitceru bat urhe, idi pare bat eta akhulo bat. Pobrea juan cen bere
etcherat eta diru hequin batean arranjatu cituen aferac nahi beçala.
Bainan urthea passatu cen eta pobre aberastua ez guehiago abant-
çatuya hastian baino : ez çaquien cer eguin ez jaquitez hamabi
eguia hec. Egun hetan berean guerthatu cen Jondoni Petri ingurune hetan : gure guiçona juaiten çaco nola embarassatua den
holaco guiçonari holaco errepostuen emaiteco ; khondatcen daco

51 Une dame ayant un seul cheveu ? L'aiguillon.

52 Où vas - tu, tordu ? — Que dis-tu, pendu ? — Si je te saute dessus,
je te casserai la tête ? Le gland et le serpent.

53 Muet à la maison, bruyant dans la forêt ? La hache.

54 Un cheval blanc dans le sillon ? La farine dans le pétrin.

bere istorio gucia. Jondoni Petric erraiten dio : « Egon cite tran-
« quil, ez duçu batere beldur içaiteco ; Jauntto hura jiten denean,
« asqui duçu ene guibelean pharatcea, eta nic emanen dacoçut
« errepostu çuretçat. » Erran beçala eguiten dute eta Jaun Gorri
arribatcen da ; galdeguiten dio : « Eh bien, ikhasi tuca ? » Bertciac :
« Bai, bai. » Jaun Gorric berriz : « Heya, heya, erran itçac onxa. »
Hasten dire : « Hamabiac tuc : hamabi apostoluac ; hamecac,
« arcanjeluac ; hamarrac, hamar manamenduac ; bederatciac, Ama
« Birjinaren alegrantciac ; çortçiac, ceruac ; çazpiac arguiac ; seïac
« ordenac ; bortçac, Jesu-Christoren boscarioac ; lauac, eban-
« jelistac ; hiruac, Berjinac ; biac, Jerusalemgo bi aldareac ; bat
« bera duc Jincoa, hura duc ene adisquidea eta ez hi. »

Jaun Gorric beriz galdeguiten dio : « Etche huntan , idi eder
« ederrac ditie ! » Bertcec : « Behi ederren umiac ditie. » Jaun
Gorric oraino : « Etche huntan, akhulo eder ederra die. » Bertcec :
« Urritsaren umia die. Azquenean, Jaun Gorric eçagutcen du Jondoni Petri eta eraiten daco : « Ah Petri, Petri, hi ere hemen ? »
Jondoni Petric errepostua : « Bai, bai, eta hi ere bai ? » Jaun Gorric
galdeguiten dio : « Errac, errac, hortcheco ur hori goiti ala beheiti
« doha ? » Jondoni Petric : « Badoha goiti, badoha beheiti, habil
« hi hori behera. »

Hori entçun dien becein fite, Jaun Gorric lastera hartcen du eta
hantic galtcen da. Guisa hortara, guiçon pobrea içan cen libratua.

Récité par Marie Oyhenart, 72 ans. Transcrit par M. Jauréguy, Instit.
de Bustince-Iriberry.

XXIX. — ANCHO ET LE CLERC.

Ancho bera edo Basa Jauna Ithurburu Behorleguico alhaba
galdu eta yoan cen Aldudera. Han bethi cerbait gaizki eguiten cin.

Istudiant batec nahi cin madaricatu, bainan Ancho gordetcen
cen bere cilouan.

« Ancho, Ancho ! » oihu eguiten cion istudiantac ; eta Anchoc
ez cion arraposturic emaiten.

6

Azkenecoz erraiten dio : « Soic, soic, Ancho ! chapel baten barnian bi buru ! »

Ordian Anchoc erran cion : « Nic baçakiat miraculu bat horbaino handiagoa. Baçakiat Alduden çombat ithurri den eta ithurri gucietan edan diat. »

« Behin edan baduc ez duc berriz edanen ; » erran cion istudiantac ; eta ordian madaricatu cin seculacotz.

Récité par Marie Martiréné, de Mendive, 75 ans, illettrée, ayant toujours habité Behorléguy. Transcrit par M. Pourtau.

xxx. — LES TROIS VÉRITÉS.

(Version de St-Michel).

Eyhelarre (1) Etcheverrico artçaina, ardiac bordan cerraturic, heldu cen bortutic arraxalde batez ilhoun cerratcean. Yadanic bidian cen boulta hartan, nois eta ere orhoitcen baita cotchia ahatci çacola bordan. Berehala itçoulcen da, çabalcen du borda bortha eta harritia guelditcen da ikhoustiarequin bassa yaun bat arthaldiaren erdian. Bassa yaunac courayastatcen du erraiten diolaric : « Hirour eguia conda etçadac hire hautura eta outcico hut youaitera minic batere eguin gabe. » Artçaina, icialduratic arra yina, hasten da : « Oh gau ederra ! diote, ilharguiac arguitcen dien gau baten; egunas beçain argui da. Bainan, Jauna, egunas bethi arguichiago. » — Eguia duc, — errepostu emaiten du Bassa Jaunac.

Artçaina berris : « Cer artho hona ! diote ere; oguia beçain hona da ! Bainan, Jauna, oguia bethi hobechiago. » — Eguia duc oraino, — dio Bassa Jaunac.

Hirour garren eguia ecin phenxatuz istant bat penatia, artçainac erraiten du oraino : « Jaquin banu hemen arrapatuco cinitudala, onxa beguiratuco ninduçun hunat yitetic. » — Sinhesten diat, —

(1) Nom basque de St-Michel.

dio Bassa Jaunac ; eta hori hartcen diat hirour garren eguiaren-
daco. Harçac hire cotchia eta habil hire etcherat.

Récité par Marg. Etcheverry, 74 ans, transcrit par M. Carçabal.

XXXI. —LES TROIS VÉRITÉS.
(Version de Musculdy).

Larazkenian, artçainac eraisten tuçu ganeco olhetaic pecouctat.
Behin, olha batetaco artcainec ahatci cicien grisilla ganeco olhan.
Gaian phastetchen eguiteco thenora jin cenian, grisilla mense
ediciten dicie. Bassa Jaunaren loxa beitcien, batec ere etcicien
grisillaren cherkha jouan inbeia ; eta igaiten dicie algaren aitian,
bost sos emanen çutela jouan nahi cenari. Batec eraiten dieçu,
« ni jouaiten nitcaicie » ; eta jouaiten duçu.

Olhan aracountratcen diçu Bassa Jaun bat, su handi bat eguinic,
phastetch baten era earten ai grisilla hartan. Artçaiña loxatcen
duçu haren ikhoustian, bena Bassa Jaunac eraiten dioçu sar dadin
barna eta galtheguiten dioçu cer nahi cian. Grisillaren cherkha
cela, eraiten dioçu. Bassa Jaunac erraiten dioçu : « Hiou eguia
erraiten badeistadac, emanén dat grisilla eta utcico hait jouaitera. »

Artçañac, aphur bat phenxamentucan egon ondouan, erraiten
dioçu : « Jauna, çoumbait gentec erraiten dicie, gaiaz arginçanita
choui deman, egunaz beçain argui dela ; bena eni etcitaçu secula
eguna beçain argui gaia. » — Ez, hoi hala duc ; eguia duc.
« Jauna, hanitz gentec, mestua houn bat dienian, eraiten dicie
oguia beçain houn çaiela ; bena eni hati bethi oguia hobe citaçu. »
— Araçon duc ; hoi ere eguia duc. — « Jauna, ouste oukhen banu
çu heben aracountratuco çuntudala, enunduçun segur ni gaur
hounaco. » — Sinhesten hait, eguia duc hoi hioua eguia, uzten
hait jouaitera hire grisillareki ; bena nahi dat eman abiz bat ;
ehadila secula haboro jouan, phacamentia gatic, gaiaz campoat ;
abiloua lehenagoric ere dohañic.

Récité par M. Barhendy, transcrit par M. Laxague.

XXXII. — LE LAMIGNA RAVISSEUR ET DÉÇU.
(Version d'Aussurucq).

Margaita Cihiga Berterretcheco alhaba egun batez artçain çuçun mendian, usatu beçala. Lamina guiçon bat jin cioçun eta biscarian harturic, orouaz ari celaric, eraman ciçun Alçurucuco Lamina cilouala. Aratxen etchecouac hanitch inquietatu çutuçun, Margaita etcelacoz agueri ; eta bjhamenian, aiçouac lagun harturic, jouan çutuçun. haren cherkatcera, ouste beitcien cilo çoumbaitetarat eori cela. Baster hanitch unguratu cicien, bena inutilqui. Aratxen eretiratcen çutuçun tristeric etcherat, nouiz eta aracountratu beitcien amouinco bat Alçurucuic Cihigarat jouaiten. Traubiac eran cieçun harec ikhoussi ciela mezpean Lamina bat sartcen Laminateguian nescatila bat, orouaz ari cena, biscarian.

Etchecouen changria ordian sordei handitu çuçun, bena lotxaz Laminec eho litcen hen cilouala jouaiten baciren, bere alhaba maitia abandonatu cicien phenarequi.

Dembora hartan baçutuçun cartielian Mairiac deitcen ciren bassa guiçon, eder, handi, azcar eta aberax eli bat, çouin Arolanec hebetic caçatu beitçutien. Aste oroz Mairiac eta Laminac biltcen çutuçun libertitcera Mendico landala.

Baciçun laür ourthe Margaita Berterretch Laminateguian cela*: oguia elhura beçain chouri, berec eguinic, emaiten cieçun, eta beste jatecouac ecin hobe. Baciçun hirour ourthetaco seme bat Laminequi eguinic.

Egun batez Laminac oro Mairiequi libertitcera jouanic, bere semiarequi bera baratu çuçun Laminateguian. Semiari eran cioçun :
— Ago ichil ichila, behala hora nuc, — eta etcheat escapi çuçun çalhe. Bere familiala heltu cenian, etchecouec etcicien casi sinhesten ahal houra hen haura cela. Bostarioric handienarequi bessarcatu cicien, eta haren ouhouetan apairu eder bat eguin cicien. Bena nescatilaren ama behala tristetu çuçun, eran cieçun etchecouer :
— Segur Lamiñac Margaitaren tcherkha jinen ciela eta behar ciela

ounxa gorde, ediren elicen. — Behala cilo handi bat eguin cicien baruquian, manjatera ondoùan, manjatera petic haxaren eta jatecouaren hartceco.

Cilouan Margaita sarthuric, taülaz thapatu beçain sari eta behiac hartan ganen, Lamina saldo bat jin çuçun Berterretchiala Margaitera cherkha. Ukhatu cieçun etcela han, eta nahi baciren cherkha lecen. Laminec fouillatu cicien etchia oro, eta ez ediren ahal ukhen.

Hirour egunez eta hirour gaiez Margaita cilouan egon çuçun ; bena etchecouac, loxa beitcien Laminec cerbait gaizqui handi eguin licen, delibeatu cicien behar ciela Margaita Pariserat igori. Laminac beriz ere jin çutuçun Berterretchiala, bena bidage nul eguin cicien, orduncoz Margaita Atharratcen çuçun.

Récité par Sallaber Jean, d'Aussurucq, transcrit par M. Irigoyen.

XXXIII. — BASA JAUNA RAVISSEUR ET DÉÇU.
(Version de Mendive).

Behorleguy Ithurburuco alhaba ibilten cen bortian artçain, Elhorta deitcen den cartiel batian. Han baciren eta badire orai lece hainix.

Egun batez, bere ardien çain çagolaric, Basa-Jaun bat, Ancho deitcen cena, aguertu citçayon, eta thiratu cin lece batetat. Har egon cen Basa-Jaunaeki houlaco demborabat, eta noispaist aguertu cen Anchoan chilon, houra da lecicien bastera, bi orenen bidian Elhortatik. Bethi han Behorleguico gendec ikhousten çuten Basa Jaunaen bilhouen arranjatcen ari cela. Ez çakiten nola behar çuten atheraaci.

Askenian joiten dira khurutciaeki ete bertce gaouça seindu batçuequi, eta Basa Jaunaen escuetaric khentzen dute nescato houra.

Phartitceau Basa Jaunac, eran cion guibelerat beha leçan etchera heltcian hala eguin çuen eta hil hotça erori cen.

Guerostic cilo houra deitcen dute Anchoan ciloua.

Récité par Mme Martirene de Mendive, transcrit par M. Loustau.

XXXIV. — BASA JAUNA RAVISSEUR ET DÉÇU.

(Version d'Arhansus)

Basa Jaun batec baçuen emasle gaste charman bat alchatuya
bere burhassoer. Birac egoiten ciren lece baten solan, senharaen
jaureguy eder batean. Andere hori atheratcen cen goiz guciez
lecean gainera, eta han bere burua orastatcen çuen, ceimbeit
aldiz arguia phisturic. Egun batez, artçain batec, bere ardien
beguiratcen hari celaric, ikhusten du andere gaste propi bat lece
baten gainean orastatcen ari cena. Biciqui hartças agradatcen da,
eta pharte eguiten du bere artçain laguner ; denec hitzartcen
dute behar dutela ebaxi andere hura, eta ekharri olhalat.
Bainan nola eguinen dute ? Bassa-Jaunac ikhusten baditu, edo
senditcen badu heien presentcia, janen tu ! Batec eraiten du : Ni
joanen niz lehenic ; asqui duçue niri jaraiquitcea ; mintçatuco
dut auderia, eta isseatuco naiz haren decidatcera gurequin jitea.

Bihamen goizian goizic joaiten dire beraz lece ingurune hetara,
eta ikhusten dute erran delaco anderea, arguia phisturic orastatcen ari dela. Erran delaco artçaina hurbiltcen çaco, eta erraiten
dio : Agur anderia, eta çu hemen hain goizic cer ari cire ? Ande-
reac hondatcen daco nola içan den Bassa Jaunas alchatuya bere
etchetic, eta nola guerostic harequin bici den, ez bihotzez,
bainan bai bortchas. Artçainac erraiten dio : « Ez cintequeya
« nahi haren ganic libratu ? Nahi bacire nerequin jin, nic hartuco
« çaitut, eta ahalas hirus errendatuco çaitut. » Anderiac erres-
ponditcen daco : « Bai, bai, onxa gogotic hemendic escapa ninte,
bainan beldur naiz Bassa Jaunac hatcheman naicen, eto guero
hil eta jan. »

Artçainac hitzemaiten dio trompatuco dutela Bassa Jauna, eta
ez duela haren beldur içateco arazoinic ; eta asquenean hitzartcen
dute anderea jinen dela bihamen goizian holaco orenean lece
bastereala. Atchiqui çuen bere hitza, eta Basa Jauna lo celaric
oraiño, phartitu cen seculacos artçainarequi.

Bi egunen buruan, Bassa Jaunac ikhustearequin etçacola. emasteric aguertcen, arrancuatu cen. Ustes bethi lecearen gainean
den toualetaren eguiten, jouaiten da emastearen cherkha; miatcen
du lekhu gucietan, bainan ez du nehon emasteric edireiten.

Beldurtcen da norbaitec ebaxi dacola edo escapatu çacola;
desesperaturic, hasten da marumas eta oihu icigarri batçuen
eguiten ; joaiten da bere emastearen ondoan eta coleran, bidean
harapatcen tuen arbola guciac herotic atheratcen ditu. Curritu
çuen mundu gucia emastea idiren nahis; bainan ez çuen berriric
jaquin ahal içan ere ; eta hil içan cen changrinez.

Récité par Marie Castet d'Arhansus (65 ans) transcrit par M. Jaureguy.

XXV. — LA ILLAMINA EN MAL D'ENFANT.

(Version d'Esquiule.)

Joundane Jouhane bezpera batez, Gorritepeco etchecanderiari
joun cioçun ekhiaren geykiteco thenorian nescatila eder bat etchera. — Egun houn , Margaita, beharçu oyhan piala jin , emaztebat
beita han haür minetan, beharduçu laguntu. — Eta çu nour cia ?
etçutut eçagutçen. — Jakinen duçu nour niçan, bena tciauri othoï
behala. — Enuçu ni oray etcheric jelkhiten ahal, behardit dailla-
rien ascaria prestatu. — Jarraïki cakitçat, othoï, segur countent
eguinen çutut, çoure fortuna eguinic dukeçu, haür haren eraï-
kitcen laguntcen bagutçu. — Gogatçen diçu eta biac oyhan piala
heltcen tuçu. Han chaharo̱bat emaiten dioçu Margaitari eta er-
raïten : — jo çaçu lurra. — Sinhesten diçu eta ber demboran portale
ederbat çabaltcen cieçu aïtcinian.

Han sar ondouan jauregui eder batetan edireiten tuçu eta bar-
nago eta ederrago bazterrac oro ekhia beçain argui. — Etcitila loxa,
Margaita, oray han gutuçu. — Sartcen tuçu khambera handi batetan, houra beitcen orotaco ederrena. Han çuçun illamina erdi erdian
eta haur minetan ; unguru, unguru khambera garnituric çuçun

genle tchipigni eli batez, oro jarriric eta batac ere ez secula iguit-cen.

Margaïtac eguiten diçu bere lana eta guéro caressatiez dicie gain. gagneti. Eman cieçun particularzki ogui batetaric çouin chouri beitcen elhurraren pare.

Berantcen ari beitceron, Margaïta abiatcen duçu etcherat, ber nescatilac laguntcen diçu portalila, bena bortha etcicien secula çabaltcen ahal. — Çuc heben cerbait hartu duçu ! erraiten dioçu lagunac. — Ez nic deus ere, ogui mouchi haü baicic, etchecouer eracasteco çougnen eder den. — Bena heben utci behar duçu. — Uzten diçu eta ber demboran bortha çabaltcen duçu.

Haü çoure phacamentia, Margaïta, urhezco pera bat duçu ; ez erran secula ihouri ere eta ountsa gordeçaçu çoure cabinetian. Goïz oroz urhe athe bat edirenen duçu horren khantin. — Hala, hala eguiten diçu, lehen goyçan jouiten ikhertcera eta uhre athia edireyten ; guerozco goycez ere baï luçaz, hain segur noun etche houra, çorrez cargaturic beitcen, eta oro phacaturic, orano houn-tarçun handia baratu beytceron.

Senharra jelostu cioçun, eta Margaitac, etcheco bakiaren amou-recatic, segretia hari erran eta lehen gayan pera galdu eta ez haboro herecharic ere aguertu.

Batuçu orano egun ere gune hartan chilo eli bat, illaminem chi-louac deitcen.

(Récit de Gracieuse Orgambide, 75 ans, transcrit per M. Urritigoity, instituteur d'Esquiule.

XXXVI. — LA LAMIGNA EN MAL D'ENFANT.
(Version de Gotein).

Gotañe Sorçaburiaren khantian igaraiten da erreca bat eta erreca haren uthur beguia ezta hartic hurrun. Uthurri haren Saihexian bacen botchu cilo bat eta han Laminac.

Egun batez Lamina bat haur minetan aguitcen da. Sorçaburuco etchénco anderia, emaguin beitcen, beharten die lagünetaco.

Jouaiten çaïe eta irouski jin cen haurra. Biharamenian emaguina berria utçulcen da haurraren trochatcera eta lana eguin ondouan Lamina batec eskentcen dero phacutaco bi thipinataric haitia : bata cen urhez gorderic eta bestia eztiz.

Sorçaburaco anderia haitatcen da hurez gorderic cenaz. Hain sarri Laminac erraiten dero : « Ah! eztun khausitu. Urhez gorderic denac barnia eztiz betheric din, eta eztiz gorderic denac aldiz uhrez betheric din barnia. »

XXXVII. — LA LAMIGNA EN MAL D'ENFANT.
(Version d'Aussurucq.)

Alçurucu Aruneco etchecanderia Laminec cerbutchatcen cicien emaguinetaco : hoguei libera emaiten cieçun haurcal eta ounxa caessatcen. Egun batez haur baten sortcen Lamina bat lagunturic emaguina Laminatéguitic elkhi nahi çuçun, eta ecin ebilten çuçun, etcielaric ikhousten deusec etchequitcen ciela. Lamina bati eran cioçun othoi utci leçan phartitcera. Lamignac eran cioçun : « E amaiten duçu goure gaiçu cerbait ; houra utci eta jouanen cira. » — Emaguinac eran cioçun ogui mouchi bat ciela eamaiten sacolan etchecouer tcheztaerazteco hain beste beitan houn. Laminac eran cioçun. « Jan eçaçu edo heben utci. » Jan ciçun eta ordian elkhi çuçun.

Récité par Sallaber Jean. Transcrit par Irigoyen d'Aussurucq.

XXXVIII. — LA LAMIGNA EN COUCHES,
(Version de Béhorléguy.)

Ene amaren amasso emaguina cen Ahaxan. Gau batez, destenorian, jin cion Lamina bat eta erran cion bere emastia haurra ecin ukhenez cila eta hareki behar ciala yoan haurraen ukhenerastera. Emaste hau arras icitu cen eta erran cion bere senharrari cer eguin behar cin. Senharra ere dudan cen.

Laminac erraiten dio ez dadin içan beldur. Hartcen du biscarrian eta eremaiten du, batere berac yakin gabe nondic, Ossina-
ren basterrera. Hau sarrarasten du beraekin eta batere bousti
gabe iragan çuten ; atçaman cin gambara bat harc seculan ikhoussi
cin distirantena, harri phicatuz eguina. Haurra ukhenerasten dio
Laminari eta trochaturic phausatcen du ; yatera eta edatera eman
cioten ontxa, eta arras ongui pagatu. Debecatu cioten ez leçan deusic hantic har, hec emanac becic. Ez cin egundaino ikhoussi han
beçain ogui ederric, eta eracousteco etchian cer oguitaric yan
cin, eman cin sakelan mico bat.

Erretiratcian, houraen ondora cirenian, laminac erran cion cerbait hartu ciala haren etchian eta ecin çuela athera. Ordian emaguinac aithortu cion ez cela eguia beçalaecoric eta ogui mico bat
bacila sakelan etchian eracousteco cer yan çin. Oguia houreat
aurthikeraci cion ; ossina iragan jitiàn beçala batere bousti gabe
eta bere etcheco bassacourtera ereman cin. Paussatu cinian gui-
beleat behatu cin eta Laminac ganiet colpe batez begui bat athera
cion, ceren haren etchian nahi içan cin ogui mico bat ebaxi, haren
ordriaren contra.

Récité par M. Sébastien Harguindéguy, de Béhorléguy ; transcrit par
M. Loustau.

XXXIX. LE CHANGELING.

Behin, senhar emaste praube batçuec ukhen cien seme bat.
Bacien aiçoun gente aberatx batçu haurric gabe. Gente praube
hayec erraiten die : « guc orano ere ukhenen beitugu haboro
haur, eta aberatx hoyec espeitie batere, behar deregu eçari bihar
goiçan, haur hau borthan, har decen. » Erran beçala eguiten die,
eta guero hantic hurun jouiten. Biheramenin, neskatuec Madamari
haur bat borthan badela. Madama lasterka hauraren hartcera,
eta jaunaren gana houra bessouetan, erraitera : « Ginco hounàc
haur hau igorri duçuçu, har déçagun eta altcha gouria beçala. »
Jauna bere emastia beçain countent.

Haur hori handitu cen ; escolalat joun, eta hanitch ikhasten cian : Jauna eta Madama hanitch bostariotan ciren. Egun batez, escolier lagunac gelossi beitciren certaco haimbeste ikhasten cin, erraiten dere : « Hic ouste duc jaun andere boyen semia hiçala, bena ehiz hoyen haura ; borthan edirenic hiz. »

Mithicoua etcheat jouyten da hanitch triste, eta erraiten du escolan cer entçun din. Madamac erraiten dero horic oro elhe gaichtouac baicic etcirela ; eta othoitcen du errejenta haurer defenda leçan haboro hola mintçatcia. Bena haurec berdin erraiten ceyen. Ordin mithicouac erraiten du etchecuier, nahi dela apheztu eta colegio batetan eçarten die.

Han, dembora gutitan, escolac oro igaraiten tu aphezteco ; bena egun batez, han ere nourbaitec erraiten dero haur borthan ediren bat dela. Jelkhitcen da colegio hartaric, jouayten etcherat, eta erraiten nahi dela joun mounduz mundu.

Abiatcen da, mundu oro nigarrez utciric ; eta herri hurun batetara heltu ordouan, ikhousten tu gentiac oro plaça batetan bilduric nigarrez ari. Galthatcen du cer igaraiten den, eta erraiten deye : « Heben baduçu guiçon bat egun hiltcera condenaturic ; erraiten dieçu hautcheco guiçon hil houra erho dila, eta estiçu harec erho. »

Hori entçunic, aphez-gueyac galthatcen du |hiltcera douanari : « Erho ducia guiçon hori ? » Arrapostia : « Ez. »

Jouayten da guero hila gana, libru bat çabalçen, eta erraiten dero : « « Hi, guiçon hounec erho haia ? » Arrapostia : « Ez. » Hori ikhoussiric, coundenatia libratu cien, eta harec jouanerasten du libraçalia bere etchera, eta besta handi bat eguiten die. Aphez-gueyac galthatcen dere guiçon hari eta haren emastiari : « Baducieya deus ere besteric phena eguiten deycienic ? — Bai, badiçugu haur bat, hoguey ourhe hountan bethi chipi beytago, sorthu cenin beçala. — Noun da ? — Jouanerasten die khamberala eta erakasten ohin. Ordin erraiten deye : « Nahi naicieya heben utci nihau ? — Bai » — Bortha cerratcen du, eta bere libria çabalic erraiten dero haurari : « Hi, hauraren mouldin hiçana, manhatcen dat, jar hadi ! » Batbatin haura jarten da —

« Chuti hadi ! » — Choutitcen da. — « Jaous hadi leiho hortaric, eta haboro ez heben sar ! » — Berdemboram haura leihotic eska- patcen da, oyhu itchoussi baten eguitez. Ordin aphez-gueya khamberati elkhitcen da eta erraiten deye her :

« Ciec, orai dila hogueyta bi ourthe, haur bat bortha batetan utci beitçunien, ginco, hounac punitu cutie, ispiritu gaistouaren igortez hauraren lekhin.

Eta ni ciec abandonnatu haurra niz. »

Récité par Marianne Etchebarne (Charritte-de-Bas), transcrit par M. Malet.

XL. LES PETITS LAMIGNAC.

Lehenago Jesus Christo jin baino biciqui lehen, laborari batçu ari cielaric beren larren ahatcen, susprendituac içan ciren sentit- cés arheco hortçac lotuac cirela fìnqui lurrari. So eguiten duet cer den horren causa, éta hatchemaiten dute arhiaren solan armac hortz becein beste haur ttipi nigarres hurtuac. Heien ikhustez, bihotza hersten ciote eta pietates betheric, infortunatu gacho hen- daco, handic libratcen dituste eta ckhartcen etcherat. Han soei- natu citusten bere haurac beçala, hasi eta altchatu beren erreli- gionean. Haur hurac igorriac ciren Lamignes lurraren aspitic gai- nerat, ceren eta heien burhassoec nahi beitçutien egun batez heien casta heda çadin lurrean, içagutua eta aiphatua içan ledin. Guero, haur hurac handitu cirenian, aitec eta amec eguin ciosten gaouas etche edo, hobequi erraiteco, palacio batçu manificoac, denac harri picatus, segurqui oraico harguinec ez bailioquete halacoric eguin. Haur hec denec deitcen çuten elgar Guilhen'; Guillen harat, Guillen hunat. Horbaitec galdeguiten ciotenian non çuten aita eta amac, errepostu emaiten çuten : « Gu Lamignen « haurrac guiutçu ; aita guria eta ama guria aitçu guretaco, gu handitu guieneco, urhe eta cilhar fabricatçen. »

Récité par Madame Marie Castet, 67 ans, transcrit par M. Jauréguy.

XLI. L'EGLISE D'ARROS.

Bethi bada erran çahar bat, Aroseco eliça Lamignec eguina
dela. Arroseco habitantec nahi çuten eguin eliça plaçan eta hor-
taco baçuten harat ekharriac behar ciren tresna guciac. Bainan
Lamignec eremaiten cituzten gau guciez taulac, harriac eta bertce
herementac denac mendi bichcar batera. Arrosetarac biharamen
goitzian juaiten ciren chercara ; asquenian enheatu ciren eta, ez
çaquiten cer eguin ; heyec ekharri guciac plaçara Lamignec eremaiten citusten mendi phunta batera. Batec erraiten du « Ikhussi
« behar diagu eya gaur cer eguinen duten, behar tiat gouaitatu »
eta erran beçala campo egoiten da gau hartan. Bethi beha dago
noïz jinen diren Lamignac eta somer batean jarriric, iguriquitcen
tu. Ez baitcian secula agueri, asquenian loac hartu çuen. Memento
baten buruan jiten dire, eta edireiten dute guiçon hori lo. Erraiten
dute : « Ah ! nahi guintian gu hic trompatu, bainan guc hi egui-
« nen haigu. » Hartcen dute bere somearequin, eta, batere senditu
gabe, eremaiten mendi gainera, eta orducos eguin baitçuten mu-
riac, plantatu çuten heyen gainean. Goician, iratçarri cenian, es-
tonatuya da gure guiçona han bere buruaren causitceas eta ahal
den beçala jausten da. Arroseco jendec ikhussi çuten ez çutela bu-
ruric emaiten ahal, Lamignac bethi nausitcen cirela eta utci cius-
ten nahi çutenen eguitera. Beraz, Lamignec hasi eta finitu çuten
beren eliça, eran dugun beçala, mendi baten gainean.

Récité par M. Hourade Pierre, 48 ans ; transcrit par M. Jauréguy.

XLII. — LE PONT DE LICQ.

Liguico gentec bacien aspaldian çubu baten [beharrunia. Bena
etcen ihour ere ausartcen lan haren hastera lekhia gaisto celacoz.

Egun batez hitzartu cien behar ciela çubu hori Lamigner eguitera eman. Deitcen dutie herrila eta erraiten dere bere ecin
bestia. Lamiñec hitzemaiten dere çubiaren eguitia harri phicatuz

biharamen gaian oillarac khantatu beno lehen, bena galtho eguinen derenaren pian. Liguiarrec erraiten dere : « Cer da cien
galthoua ? » Lamiñec arropostu : « Liguico nescatilaric ederrena
dugu galthatcen phacutaco. »

Nahi bada phena handia eguiten ceren herritarrer nescatila
eder haren galtciac, haleric ere houn hartcen die Lamiñen galthoua eta biharamen gaian horic hasten dira lanian.

Mundu oroc dakian beçala nescatila ederrec badie lekhu orotan
arracasta. Liguico nescatila eder harec ere bacian bere maite
khorte eguiten cerona. Maite hori, beitçakian cer çabilan, jarten
da biharamen gaian Lamiñen lankhiaren khantian eta ikhousten
du laxeriareki dembora erdi gabe lana bertan acabatcecoua cela.
Ari cen penxamentuca, mina bihotcian, icerdi hotz batec harturic, nouiz ere gagouata jiten betçaio gaiça bat.

Jouaiten da oillantegui baten khantila, emeki hanco bortha
çabaltcen du eta bere eskiez eguiten du laur edos bost cafla,
oillarac khantatu beno lehen hegal khaldu emaiten tianac beçala.
Oillarra iratçartcen da jauci bateki, loxaz berantu din, eta hain
sarri eguiten du : Cucurucu.

Ordu cen, Lamiñec azken harria erditan gora altchaturic cien,
bena entçun cienian oillarraren khantoria aurthiki cien harri
houra houren behera eta herox handi bateki ezcapi ciren erraiten
cielaric : « Dela maradicatia oillar hori çouñec eguin beitu bere
oihia thenoria beno lehen. »

Guerostic, diroie çaharrec, ez harri aurthiki houra ez besteric
eztie ihourc ere lekhu huts hartan ekhura eraci ahal ukhen.

Transcrit de souvenir par M. Garat, de Gotein.

XLIII. — LA TOUR DE St-MARTIN DE HASPARREN.

Donamartinen bada dorre bat mendi phuntta batean Lamiñec
eguina. Biciqui gora da eta harat juaiteco bada lurpez bide bat,
hara berea draino. Errana bada guero bethi halaco dorren barnean
badela urhe eta cilharra ausarqui, aguerian edo gordean. Behin
Isturitzeco eta Donamartineco conseilluac juan ciren aphezez
lagunduac behar çutela ikhussi han cer cen : harapatcen dute
salla handi bat bost liberacos bethea eta athe haren gainean
icigarrico den suguea caacolatuya. Aphezac cembeit othoitz eguin
çuen nasqui suguearen conjuratceco, ceren ikhusi çuten chutitcen
eta bastereatcen. Aphezac erraiten diote orduan diru hec hartceco,
onxa cargatceco, bainan nehor ez cen ausartatu suguearen bel-
durrez eta turnatu ciren etcherat, eta aberastasun hec han dire
oraino.

Récité par Mme Marie Uhart, d'Arhansus, 46 ans. Transcrit par M. Jauréguy.

XLIV. — LA LLAMINA DE LA FONTAINE JULIANE (1).

Joundane Jouhane bezpera gay batez, gayherdi phuntian, Julianaco uthurrian illaminabat ari cen urhezco orrace batez iresten eta
guero beguithartatcen. Barrenty cenac, han igarayten celaric
ikhoussi ciçun. Illaminac erraiten dioçu : çoure detchema lurre-
tara eramaiten banaïçu, aski aberats ciate, urhezco phertica
kharreya eracico deiçut. Emazte tchipigni bat beitcen, Barrentic
hartcen diçu eta eçarten sougnetan gagnen cankhardoïsca eta
abiatcen khinta gora, bere etcheat buruz. Illaminac abertitcen
diçu corage ukhen deçan, cer nahi lotserazle jinic ere, ezterela
deus ere eguiten ahal.

Bere cargareki heltcen duçu alhorreco tchacostiala, bena han

(1) Fontaine d'Esquiule. M. Urrugoity croit qu'elle a conservé le nom
de la Llamina qui y habitait.

igaraïten ari celaric, ikhousten tu sugue, apho eta cer nahi mous-
tro trebes oussouki nahiz. Icituric, illamina uzten du erortera
guibelialat eta bera ezcapatcen da.

Ah ! malerousa! beste ehun ourtheren incanterazt , nenaiçu
erraiten dioçu Illaminac eta gueroztic Barrentic ere etciçun eguin
deus hounic. Haren fountsa çathicaturic içan çuçun, etche here-
cha ere galduric eta lurrac ayçouer phartituric.

Hantic eta hounat ehun guerren ourthe muguetan, Julianaco
uthurrian içan duçu Illamina hanitch aldiz gouitaturic, Bassagaix (1) cen batez eta haren aitcinetic beste sabant hanitchez
bena eztuçu haboro aguertu.

Récité par Thérèze Etcheverry (85 ans) d'Esquiule ; transcrit par M. Urrutigoity.

XLV. — LE LAMIGNA ET LE TABLIER PLEIN D'OR.

Guiçon batec, behin passatcen celaric lece baten ondoan,
ikhussi çuen Lamigna gaste bat orastatcen ari, tablier bat aitcinean dena urhes bethia. Hainbeste urheen ikhusteac illusitcen
du, eta galdeguiten dio Lamignari heya huac oro nontic dituen,
eta aguertcea emaiten du cembat urus liceten heyetaric parte
bat choilqui balu. Lamignac erraiten dio : « Oiçu hementche
ikhusten duçun cilo barna hau dena urhes bethia duçu, eta desi-
ratcen baduçu içaitea ene, tablierean dienac emanen derautçut,
bainan condicionetara biscarian eremanen nauçula holaco
toquila draino. » Guiçonac consentitcen du gogotic. Lamignac
emaiten dero urhia eta plantatcen da guiçonaren biscarean. Guiçona, bere Lamigna biscarean eta sacata urhia escuan, phartitcen da. Ibiltcearen bortchaz, arribatcen tuçu oihan batera ; han
ez dute ikhusten apho eta sugue baicic. Afin han atheratcen da

(1) Bassagaix a vécu jusqu'à la fin du siècle dernier. Il avait recueilli
quelques livres du château d'Esquiule, dont les maîtres avaient émigré, et
il les lisait, d'où sa réputation de savant. Il passe pour avoir réuni des pas-
torales (drames) basques.

ahal' den beçala, maquila tchar batez defendatcez : aitcina juaiten
dire eta arribatcen uhaitz handi batera : hura behar dute bertce
alderdirat igan. — Guiçontto hori hasten duçu phenxaquetan :
hura biciqui barna, ez jaquin igueriscan, eta jadanic lehertuya.
Hargatic, sartcen duçu bere Lamignarequin eta bisparihour
urhats eguin eta botatcen diçu huraen erdira ; eta escapatcen
bera ahal becein laster.

Lamigna nasqui itho cen, ez çuten haren berriric jaquin.

Récité par Mme Catherine Samalbide, 66 ans, d'Arhansus ; transcrit par M. Jauréguy.

XLVI. — BARANTOL ET LA BELLE DAME.

Aldi bates Barantol behi-çain cen Joraco mendian. Euriac espaca
erasten du botche handi baten cilorat. Han sartciarequi icusten
du choco batian andere eder bat brodatcen ari dela. Galdeguiten
daco eya nor cen. Anderiac errayten daco : « Ni, nic Princessa
inkantatia ; hemen behar dut egon ehun hurthe ; esçaçula erran
nihori, ceren bestela, seculacos hemen egon beharco dut. » Barantolec hits eman çuen baynan es hitza atchiqui. Anderiac yaquin
çuen eta nois etare behi çain hura berris yin beytcen cilo hartara ;
andere ederrac errayten daco :

« Ah! Barantol! Barantol ! Ukhenen duc bethi escalampoua
desgançol ; » eta hartan galdu cen.

Guerosti secula, Barantolec esçuen espalancoin brida asqui
ounxa itçatcen ahal espalancouari lothuric egon erasteco.

Ecrit de souvenir, par M. Constantin, inst. d'Ispoure.

XLVII. — LE PAIN DES LAMIGNAC.

Aguerreco anderia yuayten cen astian behin Lamiñen labasca-
ren. eguitera Lamiñaco cilorat. Lamiñec eman ceoten chaharo bat
houra igaran ahal ceçan bousti gabe. Debecatia cian Lamignetas
deusic hen etchian hartcia. Halaric ere aldi bates hartu cian orhi
pusca bat ieusteco eya Lamignen oguiac cer gustu cian. Bainan
hurera heltu cenian chaharoas yoa gati berce aldies beçala etci-
ren hurac separatcen bousti gabe igarayteco. Lamignen Gu-
chiensca yin cen eta accusatcen du cerbeyt ebaxi duela. Aguerreco anderia içan cen bortchatia aythortcerat. Lamignac erran
çacon ordian : « Es cira guehiago yinen gure etcherat ; baguinuen
harisco hutcha bat urhes betheric çouri emayteco bayman es
du çu batere içanen. »

Hantic hunat hutcha urhedun hura pausaturic dayo arroca
haren erditan, escaler baten gaynian, Ifernuco çubia bayno
gorachiagogno.

M. Constantin, Instit. d'Ispoure.

XLVIII. — MÊME MESURE NE FAIT PAS MÊME POIDS.

Beste aldi batez Sorçaburuco ber etchenco anderia jouan cen
ber lamignetara gounca erdi bat oguiren jessaitera ogui berriac
in artino. Lamignec hola arrapostu emaiten dere : « Bai, ukhenen
dun ogui galthatia, bena ordaria nahi dikegnagu ber içari eta ber
peçutaco. » Etchenco andere horrec hitz emaiten dere eta oguia
etcherat eramaiten du.

Ogui berriac jin cirenian eramaiten du ordaria Lamigner ; horiec
ediren cien ber içaria bena ez ber phecia. Etchenco anderiac nahi
ukhen ceren emendatu içaria ber pheciaren emaiteco, bena Lamignec etcien hartu nahi ukhen haborokina eta erran ciren : « Nahi
badun guero ekharri ber içaria eta ber phecia erein eçan oguia
Abentuco estiapenian. »

Récité par Martine Lapitchet, 60 ans ; transcrit par M. Garat, de Gotein.

XLIX. — Le champ d'Iribarne et la Lamigna.

Iribarne cen batec, jouaiten celaric bordalat, ediren ciçun elgueco kurutche khantian urhe orace bat, Lamignabati han ahatceric; etcheacoun Lamigna bidiala aguertu cioçun eta eran cioçun erenda liçon haren oracia. Iribarnec ukhatu cioçun etciela haren oracia. Gai berian, Iribarneren alhora, guiçonec ecin alchatcen çutien hariz berthe cieçun. Bihamenian, bordalat jouaitian, alhoraren planta hartan ikhoustez harritu çuçun bai eta beste ikhousliarac oro. Etcheat utçuli çuçun beriaren khountatcera familiari eta aiçouer. Lehen aiçouac eran cioçun : « Duda gabe cerbait gaizqui eguin ciela Lamigner etciela hourac baicic capable halaco harien cabilteco. » Hatxarian ukhatu cioçun, bena guerocoz erran cioçun hen urhe orace bat baciela edirenic eta etcerela erendatu nahi ukhen. Aiçouac eran cioçun oracia edien lekhian eçar leçan : hala eguin ciçun eta gai berian hariac oro alhoretic elki cietçun. Ordutic heritarec erespectatu citicien Lamignen gaiçac.

Recité par Sallabar Jean ; transcrit par M. Irigoyen d'Aussurucq.

L. — Le champ de Salharang et la belle dame.

Lamioseniaren nausia Salharang jouaiten da goiz batez goicic bere lurraren ikhoustera. Sorho hartan bacen uthur begui bat. Hara huillantciarequi ikhusten du andere eder bat ari cela bere bilhouaren leinthatcen, bera andere eder harec ere ikhousten du guiçona ber demboran eta galtcen çaco bistatic hourtu baliz beçala. Heltcen da anderia cen lekhila eta edireiten du uthurri khantian urhe orrace eder bat. Hartcen du orrace hori eta ekharten du etcherat. Biharamenian goicic jouaiten da ohico sorhoula eta espantaturic da ikhustez hoguei eda hoguei eta hamar mila organta harriz sorhoua betheric diala. Utçultcen da etchera eta lehiatcen da orrace ediren haren ber lekhian eçartera. Hirour

guerren goiztirinian berriz jouaiten da ohico sorhoula eta edireiten
du harri bat ere gabe, lehen cen beçala, bena orracia etcen han.

Récité par Jean-Baptiste Lapitchet, 56 ans; transcrit par M. Garat, de
Gotein.

LI. — LES MOUCHES DE MENDIONDO.

Mendiondoun baçuçun etcheco jaun bat, auher handibat, eta
halere hanco lanac lehenetaric eguinic çutuçun bethi.

Goïz batez, oren batetan barnen, etchapeco sohoua daillaturic
içan çuçun ; — igante egun batez, meça demboran, alhor batetaco
oguia oro ebaquiric. Mundia oro estonaturic çuçun languileric
etcelacoz agueri.

Bere emaztia ere Mendiondori mesfida cioçun. — Igante batez
eliçalat jouaiten celaric, borosta batetan cerbait gorde ciçun.
Emaztiac hurruntic ikhoussi ciçun eta aski curious içan çuçun
jakiteco han cer utci othe cin. Edireiten diçu estux bat. Çabaltcen
diçu eta hantic jalkiten cioçu hamarbat illi.

Illi hourac jouiten ciotçu beguietara eta beharrietara galthatcen derelaric : « Cer eguin? Cer eguin? Cer eguin? »

Harrituric emaztiac erraiten dieçu : « Ber chilotic sar, » eta
berhala estuxen barnen sarthu çutuçun berriz, eta han cerraturic
ohico lekhian eçari citiçun.

Etcioçun berantu senharrari erraitia cer aguitu ceron eta harec
aïthortu cioçun illi hourac cirela hanco lanen eguiliac.

Hantic aitcina, emaztic ere, cer nahi lan emanic, behala, oro
eguiten cietçun.

Egun batez thurmentatcen cicien : « lan, lan, lan, lan otsez » ;
eman cieçun bahebat eta erran : « çouzte, chayeco barrica huts hori
bethcçacie eyhera naçatic houraren ekhartez ountci hortan,
kharreyatuco ducie etchapeco sohongora. »

Mementben burucoz, lan houra eguinic, han citiçun berriz
tincatcen : « lan, lan, lan lan! »

Écin haborohen suportatila jin çuçun eta erran ciocun bere senharrari : « cer miracuillu da han ? behar diçugu illi hoyez gabetu. — Bai, arrapostia emaiten dioçu, bena behar dicie gage bedera. — Hamar antcera etchegarayan beitira, houac emetçu. »

Ber demboran, antcera hourac cancaz airatu çutuçun odeyetara buruz, eta Mendiondoço illiac ez haboro aguertu.

Récité par Mme Marie Bordachar, 85 ans ; transcrit par M. Urrutigoity, d'Esquiule.

Un erratum sera donné après la troisième série des contes.

M. Vinson a bien voulu se charger de la révision.

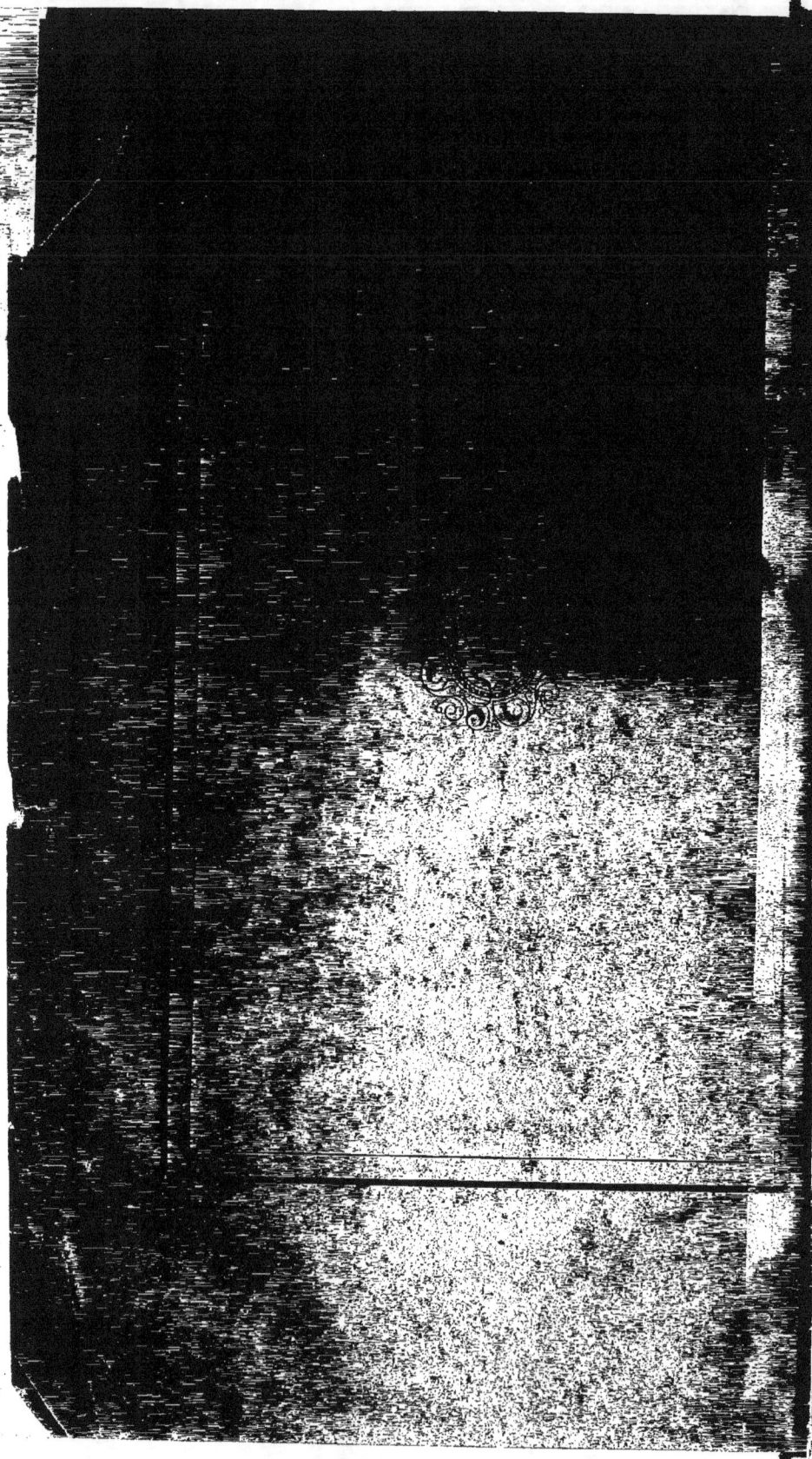

www.ingramcontent.com/pod-product-compliance
Lightning Source LLC
Chambersburg PA
CBHW060847250626

47162CB00005B/2185